朝読みのライスおばさん

長江優子
絵・みずうちさとみ

理論社

1　ナゾのおばさん、あらわる！

ぼくは、田中幸助。友達には、コウとかコースケってよばれている。タナカラアゲってよばれることもあるけど、意味はない。友達の長倉礼央がナガイモとか、馬場巧巳がババルンバとかよばれるのといっしょで、その場のノリだ。

ぼくが通っている空池小学校では、「朝読みタイム」という読み聞かせの時間がある。月曜日の八時二十五分から四十分までボランティアのお母さんやお父さんが教室に来て、本を読んでくれる。

ボランティアの人が来る日は、「今日は朝読みです。静かに聞きましょう」という札が、来ない日は「今日は自主読書です。静かに本を読みましょう」という札が黒板にはってある。

五月最後の月曜日、黒板にはどっちの札もなかった。となりの井上あやが本を読んでいたので、ぼくはなんとなく自主読書だろうと思いながら朝の支度をした。宿題ノートを提出箱に入れに行って、教室のうしろの物入れにランドセルをおしこんで、席についたそのとき。

ドスドスドスとアニメの効果音みたいな足音が、五年二組の教室に近づいてきた。ふっと顔をあげたら、知らないおばさんが閉店ぎりぎりのスーパーにかけこんでくるみたいに入ってきた。

背が低くて、すごく太っている。赤と白とオレンジのまだら模様の、だぶっとしたワンピースを着ていて、木の実をつなげたようなアクセサリーを首にぶらさげている。頭なんかもっとすごくて、服と同じ模様のヘアバンドの上から、くるんくるんした髪の毛がとびだしている。ぼくが飼っている、ピンポンパールっていう種類の金魚みたいだ。

「だれ、あの人？」

うしろのほうから声がした。おばさんの大きな目がぎょろぎょろ動いて、教室に緊張が走った。

おばさんは、黒板のまえの机に赤いかばんをのせた。クリームパンみたいな手で金具をカチャッとはずすと、かばんは紙芝居の舞台に変身した。とびらの裏や枠のまわりに金色のビーズがついていて、まんなかの虹の絵が光って見える。

「紙芝居だ！」「めっちゃデコッてる」「超ハデ！」「あれ、ヤバくね？」

おばさんは、ざわめきをかき消すように、イスにどっすんとこしかけると、腕時計を見た。ぼくもつられて教室の時計を見た。八時二十四分。となりの教室では、朝読みタイムがはじまっていて、ボランティアの人の声が廊下から聞こえてくる。

「では、はじめます」

八時二十五分ぴったりに、虹の絵が引きぬかれた。その下からあらわれたのは、クレヨンでかきなぐったような、はだかの赤ちゃんの絵。おばさんは、題名と作者の名前を読みあげると、また絵を引きぬいて紙芝居をはじめた。

『大きなもも』

作・無花果 林檎

1　ナゾのおばさん、あらわる！

むかしむかし、ある山に一本のももの木がありました。

ある日、その木に大きなももの実がなりました。重さに耐えかねたももの実は、山をころがり、岩をとびこえ、川にどっぽんと落ちました。

川の神様は、びっくり仰天！

「なんと、りっぱなももじゃ。こんな大きなももは、見たことがない」

すると、川下から風にのって、村人たちの声が聞こえてきました。

「ああ、神様！　どうかわしらの願いを聞いてくだされ。らんぼうなオニが村にやってきて、畑を荒らしたり、物を盗んだりするのです。この村は、年寄りばかり。ああ、神様！　勇敢な若者を遣わして、オニを退治してくだされ！　わしらを救ってくだされ！」

「気のどくな村人たち。どうしたらいいものやら……。よし、ここはひとつ、あのももを人間に変えるとしよう」

川の神様は、流れていくももに向かって、おまじないをとなえはじめました。

そうして長い旅へと送りだすことにしたのです。

おばさんの声は、やたらと大きかった。

ぼくの席は、まんなかの列の一番前なので、耳がビリビリする。

それにしてもこの紙芝居、昔話の『ももたろう』みたい。五年生の読み聞かせにしては子どもっぽいぞと思ったつぎの瞬間、イスからずりおちそうになった。「長い旅へと送りだすことにしたのです」のあと、おばさんが立ちあがって、ラップをうたいだしたのだ。

♪ わしは、MCカワノカミ
おぬしは、ももの子、ももたろう
これからはじまる、おぬしの人生
山あり、谷あり、うかんむり　（部首！）
オニとたたかう運命
受けいれて、かがやく希望　（ウィッシュ！）
どんぶらファイター　ウェ～オ、ウェ～オ
そらいけ、ゴーゴー　ウェ～オ、ウェ～オ

言葉がリズムにのって流れていく。

「どんぶらファイター」から、急に歌っぽくなる。

おばさんは、襲いかかってくるクマのように腕を上げて、左右にゆらした。そうやってうたいおどりながら、歌詞に合わせてすばやく紙芝居の絵をぬいていく。

♪　チームメイトは、イヌ、サル、キジ
めざすは、危険な鬼ケ島
トラブルだらけの、絶叫トラベル
気合いで勝ちとる、オニバトル　（ファイッ！）
戦いおえても、気はぬくな
家に帰るまでが、ぼ・う・け・ん・だ　（レッツゴー！）
どんぶらファイター　ウエ～オ、ウエ～オ
そらいけ、ゴーゴー　ウエ～オ、ウエ～オ……

ももの種は、ポンッとはじけて、人の形に変わりました。

赤ちゃんを宿した大きなももは、水に浮かんでは消えながら、どんぶらこ〜どんぶらこ〜と進んでいきました。川下に流れついたそのとき、洗濯かごをかかえたおばあさんが、草をかきわけて岸に近づいてきましたとさ。


「おーしまいっ！」

シーンとした教室。右の席のあやも、左の席の天馬も、口を開けてぽかんとしている。

「コースケ、日直」

うしろの席の巧巳が、ぼくのイスの裏をコツンと蹴った。

ボランティアの人が読みおわったら、日直が「起立！」と号令をかけて、みんなで「ありがとうございました！」と言う。それから二、三人が感想を言って、もういちどお礼を言っておしまい。それが朝読みタイムのお決まりの流れだ。

「きり……」

ぼくが号令をかけようとしたら、おばさんの声がぼくの声にかぶさった。

「お礼は不要！　感想も不要！」

えっ、なんで？

あっけにとられているあいだに、おばさんは紙芝居の舞台をかたづけて、「チャオッ！」と手をグーパーさせながら出ていった。

おばさんがいなくなると、二組で一番さわがしい大倉正宣が「今のは、なんなんだ！」とさけんだ。

「『ＭＣカワノカミ』ってなんだ？『プッシュ！』『ウィッシュ！』ってなんだ？意味不明！」

巧巳が正宣の間違いを指摘した。

「『プッシュ！』じゃなくて、『部首！』だよ。その前に、『うかんむり』って言ったし」

「じゃあ、どういう意味だよ？」

巧巳が答えられずにいると、朝はいつもだるそうにしている礼央が、目をかがやかせて言った。

「MCっていうのは、ラップする人のことだよ。『部首！』とか『ウィッシュ！』は、意味というよりライムだね。あのおばさんのラップ、ライムが多めだった」

「はぁ？　ぜんぜんわかんねーし。じゃあ、『どんぶらファイター』は？」

「知らね。ノリじゃね？」

ぼくのななめうしろから、「っていうかさぁ」と声がした。石川青葉（いしかわあおば）。授業中（じゅぎょうちゅう）もよく発言する、シャキシャキした女子だ。

「あの人、だれのお母さん？　ラップよりもそっちのほうが気になるんですけど」

女子たちがうなずきあい、競うようにしゃべりだした。

「あのお母さんの格好（かっこう）、やばくなかった？」

「『お母さん』というか、おばあさんじゃない？」

「ねえねえ、あやのお母さんって、朝読みボランティアのメンバーだよね？」

青葉がまえの席のあやに声をかけると、あやは思いっきり顔をしかめた。

「ボランティアのメンバーに登録しただけ。あの人は、うちのママじゃないよ」

「じゃあ、だれなの？」

「わかった！　三丸（みつまる）のばあちゃんだ！」

正宣の一言で、笑い声がわきあがった。名指しされた三丸大之進は、無反応。一番うしろの席で、ひろげた図鑑から目をはなさない。

教室が最高潮にうるさくなってきたとき、ワンピースを着た女の人がやってきた。

あやがバネみたいに立ちあがって、「ママ！」とさけんだ。

「なあに？　今日は、朝読みの日でしょ。さあ、座って」

えっ、また？　二回も朝読みって、どういうこと？

ぼくたちの疑問をよそに、あやのお母さんは、『夏の星座物語』という絵本を読みはじめた。さっきのおばさんとは打ってかわって、落ちついた調子だった。

ぼくたちは、静かに聞いた（そうじゃない人もいたけど）。あやは、自分のお母さんが内緒で読み聞かせに来たことに怒っているみたいで、本をだきしめてムスッとしている。ぼくはというと、激辛ラーメンを食べたあとのソーダアイスって感じで、なんだかほっとしていた。

二度目の朝読みがおわったあと、ぼくの号令にあわせて、みんなでお礼を言った。

教室を出ていくあやのお母さんの背中を見つめながら、「さっきのピンポンパールは、なんだったんだろう。夢か？」と、あのハデなおばさんのことを思った。

2 朝読みのおばさんの正体は？

「先生、今日の朝読みタイムの人は、だれですか？」

「『ももたろう』が生まれるまえの話を紙芝居でやったよ。読んでる途中でラップやった」

「そのあと、あやのお母さんが絵本を読んだの。ねえ、サコたん。あの人はだれ？　だれのお母さんか教えてよ」

その日の五年二組は、ナゾのおばさんの話題でもちきりだった。あやのお母さんと入れ替わるようにして教室にやってきた迫田先生は、つぎつぎにとんでくる質問にとぼけた顔をして答えた。

「うーん、だれだろうねえ。……えっ、『ももたろう』の話のラップを？　へえ～、ぼくも聞きたかったなあ。……おっと、いけない。朝の会をはじめよう」

一時間目は、音楽だった。ぼくは、あのおばさんのせいで、ぜんぜん集中できなかった。

でも、そんなふうになってしまったのは、ぼくだけじゃなかった。授業後、廊下を歩いていたら、礼央が「どんぶらファイター、ウェ～オ、ウェ～オ」とうたいだしたのだ。

「礼央、その歌やめろよ」

「やめたいけど、やめられないんだよ。頭のなかでずっと流れてる」

「オレも」

「えっ、巧巳も？」

「うん。朝からとんでもないものを見ちゃったせいだよ」

帰りの会がおわったあとも、迫田先生は女子たちに取りかこまれて事情聴取を受けていた。青葉が「あのおばさん、サコたんのお母さんなんでしょ？」と冗談っぽくたずねて答えを聞きだそうとしているのをはなれたところから見ていたぼくと礼央は、

「それはないだろ」と笑った。

「でも、先生の知らない人ではないよね。そうだったら、不法侵入罪でソッコー逮捕

だ」

頭のいい巧巳がそう言うと、先生がぼくたちのほうを向いた。

「巧巳、なかなか鋭いね。まあ、そのうちわかるんじゃないかな」

先生は無敵な笑みを浮かべると、女子たちの輪からするりとぬけだして、教室を出ていった。逃げ足が速い。

「……今のサコたん、挑戦的じゃね？」

礼央が目を細めて、するどい目つきになった。ぼくは、うなずいた。

「うん。あのおばさんの正体を暴けるものなら暴いてみろって感じだった」

「じゃあ、おれたちで暴いてみせますか」

巧巳が探偵みたいにメガネをツンと持ちあげた。銀色のふちを光らせて、ぼくを横目で見る。

「コースケのお母さん、朝読みボランティアのメンバーだろ。聞いてみてよ」

「えっ……、ああ」

気のない返事をすると、礼央は「じゃ、きまりだな」と拳をつきだした。巧巳も同じように拳をつきだす。ぼくは、しぶしぶ二人とグータッチして教室を出た。

大通りに面したマンションの一一〇五号室。それが、ぼくの家だ。登下校は、赤色コース。大通りと交わる住宅街のなかの一本道を通って、学校に行く。

翌朝、自分のマンションのまえでぼくを待っていた巧巳の第一声は、「朝読みのおばさんの正体、わかった？」だった。

「ううん。なんかフクザツなんだよ」

昨日、ぼくはお母さんに朝読みタイムのことを話した。あのキョーレツなおばさんは、だれのお母さん（おばあさん？）なのかたずねたら、「知らない」と言われた。四月に学年学級部のお母さんから、「五年二組朝読みボランティア募集」のお知らせがメールで届いたので、〈参加する〉で返信したけど、メンバーがだれで当番がいつなのか、いまだに連絡がないらしい。

そんなことを歩きながら話したら、巧巳は首をひねった。

「当番が決まってないなら、なんで昨日、あやのお母さんは来たの？　コースケのお母さんもそうだろ」

じつは、五年二組の朝読み当番のトップバッターは、ぼくのお母さんだった。

ぼくが一年生のときからやっているから、読み聞かせは慣れたものだった。逆に、ぼくのほうが緊張した。新しいクラスになったばかりで、よく知らない人たちもいるのに、お母さんがはりきって落語の絵本を読んだので、とてもはずかしかった。おまけに、大之進にちょっかいを出した正宣に、「そこのキミ！」と注意したのだ。そのあと、正宣にからまれて、「タナカラアゲの母ちゃん、こわっ。言い方、きっつぅ」とねちねち言われた。

お母さんは、今月から元の職場にもどった。「仕事がいそがしくなってきたら、朝読みはやめるわ」とこぼしたとき、ぼくは心のなかでガッツポーズしたのだった。

「ぼくもそう思ってお母さんに聞いたんだけど、学年学級部のお母さんから、『とりあえずやってくれない？』って、たのまれたんだって」

「じゃあ、あやのお母さんも同じようにたのまれたのかな」

「それも、お母さんに聞いてみたけど、わからないって。あやも、あやのお母さんも、顔と名前が一致しないっていってさ」

空池小では、三年と五年でクラス替えがある。つまり、二年に一度だ。あやのことは、同じクラスになってはじめて知ったから、お母さんの言ったことはわかった。ぼくがそう説明すると、巧巳は「なるほど、たしかにフクザツだな」と言った。

「朝読みボランティアのメンバーのなかに昨日のおばさんがいるとして、そのことを知ってるのは、学年学級部のお母さんだけなんだね」

「うん。うちのクラスの学年学級部は、青葉と乃々のお母さんだって」

「ふーん。昨日、青葉とスマホで話したときに聞けばよかったな」

「えっ、スマホ買ってもらったの？　いついつ⁉」

「ちょっ、顔近いって！　三日前だよ。塾のテストで上位ランキングに入ったんだ。礼央と天馬と健斗のグループトークに招待された。あと、青葉も。青葉はおれと同じ塾だから、塾友のグループトークだけどね」

　ついに、巧巳もスマホデビューか……。

　今、ぼくがほしいのは、スマホだ。昨日もお母さんにたのんだけど、「スマホは中学生になってからって言ったでしょ。この話は以上！」とすげなく却下された。

　ぼくは、塾に通ってないし得意なこともないから、親にいいところを見せるチャンスがない。巧巳に先を越されてショックを受けていたら、公園のまえのマンションから礼央があくびをしながら出てきた。巧巳は、ぼくが話したことを礼央に伝えて、

「そういうことだから、おれたちでは調べようがない。お手上げだ」と言った。

礼央は、眠たげな目をこすると、ポケットからスマホを出した。

「じゃあ、検索すればよくね？」

空池小では、届け出を出せばスマホを持ってきていいことになっている。礼央は、下校後にプログラミング教室に行くから、何かあったときのために届け出を出したそうだ。でも、登校中は使用禁止。それなのに悪びれた様子もなく、スマホをいじりはじめた。

「やばっ。〈おばさん〉で検索したら、九千万件もヒットした」

「なんだよ、その検索ワードは。もうすこし頭を使えよ」

礼央のスマホを楽しそうにのぞきこんでいる巧巳を見て、「まえは巧巳が『歩きスマホ禁止！』って注意したのに」とぼくは思った。

モヤモヤする。「スマホはやめろ」と言ってやりたい。でも、言ったら、うらやましがってると思われそう。ぼくは、ポケットに手をつっこみ、小石のようにかたくなった言葉を飲みこんだ。

教室に入って朝の支度をすませると、巧巳が青葉に朝読みボランティアのメンバーについてたずねた。

「全員の名前なんて知らない。わたしが知ってるのは、コースケとあやのお母さんだけだよ」

自分の名前があがって、あやがふりかえった。

「青葉ちゃん、昨日のおばさんのことを調べているの？」

「うん。あやのお母さんが読み聞かせをしたのは、学年学級部のうちのママがおねがいしたからなんだって」

「知ってる。うちのママも同じこと言ってた。あのおばさんのことは、知らないみたい」

「うちのママも、『名前がわからないと、答えようがない』だって。……あっ、乃々ちゃん！」

青葉は、教室に入ってきた杉下乃々に声をかけた。

「乃々ちゃんは、朝読みボランティアの全員の名前って、わかる？」

「えー、知らない。お母さんに聞いてみるね」

青葉は、乃々に「よろしく」と言うと、机に頬杖をついた。

「なんかヘン。一組と三組の子に聞いたら、体育朝会の日以外は、毎週ボランティアの人が読み聞かせをしてるって。それにくらべて、うちのクラスは二回だけだよ」

「マジで？」

ぼくと巧巳の声が重なった。あやが「どうして？」とたずねる。

「わかんない。だからヘンって言ったの。サコたんに聞いても、笑ってるだけだし」

チャイムが鳴ったので、話を切りあげた。ぼくは、ねじっていた上半身をまえにもどして、「たしかに五年生になってから、自主読書の日がふえたなあ」と思った。

二組の朝読みボランティアは、どうなっているんだろう。お母さんに聞こうかと考えたけど、「たったの二回？　やっぱり、わたしが読み聞かせをやめるわけにいかないわね」なんて言いだしたら困るので、だまっておくことにした。


翌日、乃々が「うちのお母さんも知らないって」と言った。

捜査終了。あのおばさんの正体は、わからないままになった。

3 おばさん、ふたたびあらわる！

空池小では、月初めの月曜日が体育朝会で、そのつぎの月曜日から朝読みタイムか自主読書タイムということになっている。

六月第二月曜日の朝、「今日は朝読みです。静かに聞きましょう」の札が黒板にはってあった。

ぼくは、朝の支度をすませると、机につっぷした。週末にキャンプに出かけて、昨日の夜おそくに帰ってきたから超だるい。こんな日は、のんびりできる自主読書のほうがよかったなあと思っていたら、廊下からドスドスドスと足音が聞こえてきた。

この足音は、ひょっとして……？

思ったとおり、あのおばさんだった。ピンク色のブタ鼻模様の服を着てお出ましだ。

ナゾのおばさんの再登場に、「まただ！」「なんで？」と教室じゅうがざわめいた。

おばさんがぎょろりとした目でにらむと、一瞬にして静かになった。おばさんはチビだけど、迫力があるんだ。

八時二十五分。おばさんは、開始時間ぴったりに「今日の朝読みは、『大きなもも』！」と宣言した。

「えー、このまえといっしょじゃん！」

正宣が文句を言うと、あちこちから「手ぬきだ！」「そうだそうだ！」と抗議の声があがった。

「うるさいこと言わないの。むかーしむかし、ある山に一本のももの木がありました……」

このまえと同じ『ももたろう』の誕生マル秘エピソードみたいな紙芝居がはじまると、巧巳がぼくのイスの裏を蹴った。わたされた紙を机の下で開いたら、「来校証！」と書いてあった。つまり、名前を調べよってこと。捜査再開だ。

ぼくは、おばさんが首からぶらさげている来校証を見た。校章の下に名前が書いてあるはずだけど、アクセサリーがじゃまで見えない。

「わしは、ＭＣカワノカミ！　おぬしは、ももの子、ももたろう！」

おばさんがラップをうたいだした。両手をあげてノリノリだ。長いアクセサリーがジャラッと音をたてて、その下に見えかくれしている来校証といっしょにゆれる。ぼくは、おばさんの動きに合わせて、上半身を動かしながら名前を確認しようとした。巧巳が笑いをかみころしている声がうしろから聞こえるけど、気にしちゃいられない。

おばさんが大きく一歩前にふみだしたそのとき、アクセサリーが空中ブランコのように浮きあがった。その瞬間、ぼくの目は、来校証に書かれた四つの文字をとらえた。

「米」、「栗」、「米」、「子」……。

二番目の漢字は、なんだろう。クリ？　コメクリコメコなんて、早口言葉みたいな名前だな。

「おーしまいっ！」

突然、おばさんの声が空気砲のように目のまえから飛んできた。いつのまにか、紙芝居がおわっていた。かたづけをはじめたおばさんに、ぼくは「あのっ！」と声をかけた。

「コメクリさんは、なんでうちのクラスに朝読みに来るんですか」

「コメクリ？　ああ、これか」

おばさんは来校証をつかんで、ぼくたちに見せた。

「惜しい。この字は、『くり（栗）』じゃなくて『あわ（粟）』と読むんだよ。あたしは、コメクリコメコじゃなくて、ヨネ・アワ・メイ・コ！」

おばさんが一字ずつ漢字を指してそう言うと、新事実に教室がざわめいた。

「米粟だって」

「うちのクラスに、そんな名字の人いないし」

「おばさん、だぁれ？　どうして紙芝居をしに来たの？」

ポップコーンがはねるようにあちこちから声がポンポンあがって、おばさんは両手で耳をふさいだ。

「あーうるさい。時間がないんだから、もう行くよ。このあともお楽しみにね」

そのとき、「カシャッ」と風を切るような音がした。おばさんの大きな目がぎょろりと動いて、窓がわの席でとまった。教室に緊張が走る。

「お礼は不要！　感想も不要！」

おばさんは、はりつめた空気をぶった斬るように大声をはりあげて出ていった。

放課後、礼央のマンションのまえの公園に集まって、ぼく、巧巳、礼央、天馬、健斗の五人でバトルゲームをした。

「うーん、だめか。あのおばさんの名前で検索しても、何も出てこない……」

充電切れでゲームから離脱した巧巳が、新品のスマホをさわりながらつぶやいた。

スマホのケースは、銀色。裏側に落下防止用のリングがついていて、シンプルにかっこいい。

コントローラーを動かしながら巧巳のスマホをちらちら見ていたら、天馬と健斗の会話が耳に入ってきた。

「ライスおばさん、今日もまたへんなラップをやったし。マジで何者？」

「ヘンリクのお母さんも、すごかったよね。あんな朝読み、うちのクラスだけだよ」

ライスおばさんというのは、巧巳が名づけた朝読みのおばさんの新しい呼び名だ。

今朝は、ライスおばさんのあとに、金髪の女の人が教室にやって来た。ポーランドからの転入生、ヘンリク・ドンブロフスキーのお母さんだった。ヘンリクは、背が超高くて、日本語はぜんぜんダメだけど、日本のお笑い番組が好きというおもしろいやつだ。

ヘンリクのお母さんは、『おにぎりころりん』の絵本を読んだ。ちょっぴりおかしな日本語に耳をすませていたら、おじいさんがおにぎりを落としたところで急に調子が変わった。おにぎりが山の斜面を転がっていく絵に合わせて、「コロコロ、コロコロ」というセリフをくりかえして、それがだんだん速くなって、最後は巻き舌で「コロロロロ〜」と鈴のような音になった。

おわったときに拍手が起きた。一番大きな拍手を送っていたのは、ヘンリクだった。

ぼくは、自分のお母さんを誇らしげに見つめているヘンリクを見て、外国人ってすごいなあと思ったのだった——。

「そういえばライスおばさんが、『このあともお楽しみにね』って言ったよね。ってことは、ヘンリクのお母さんが朝読みするのを、おばさんは知っていたってことだよね」

ぼくがそう言うと、巧巳はスマホをかかげた。

「その件について、青葉からメッセージが来た」

ぼくたちは、ゲームをいったんセーブして、巧巳のスマホをのぞきこんだ。トーク画面に表示された青葉のアイコンは、ピンクのネコで、巧巳は飛行機だ。

巧巳　【ヘンリクのお母さんが今日の当番だった理由について、青葉のお母さんに聞いてほしい】
青葉　【了解】
巧巳　【ママによると、ヘンリクのお母さんから「日本語の練習のために読み聞かせしたい」って連絡が来たんだって】
巧巳　【なるほど。ライスおばさんとヘンリクのお母さんは知りあい？】
青葉　【わからない。ママは「ヨネアワメイコなんて知らない」って言ってる】
巧巳　【うそだ。怪しすぎる】
青葉　【うん。何かかくしてる】

「そうだよ。青葉のお母さんが、ライスおばさんを知らないはずがないよ」
巧巳がスマホに向かってつぶやいたら、礼央が自分のスマホをぼくたちに見せて
「これ、どうよ？」と言った。

「ネットで公開捜査したら、ライスおばさんの正体が一発でわかる」

礼央のスマホ画面には、ライスおばさんが映っていた。その下には、〈指名手配中！心当たりのある人は、警察に連絡してください〉。ピンク色の服は、今朝、着ていたものと同じだ。

「この写真、もしかして……」

「今日の朝読みタイムに撮った」

礼央は、涼しい顔をしてピースサインをした。天馬が「やるじゃん」と礼央の肩をたたいて、健斗が「おばさんの顔、やばくね？」と笑った。

ぼくもちょっぴり笑ったけど、本当におもしろいと思ったわけじゃない。「ちょっとまずくないか」とやんわりと注意すると、礼央が答えるまえに巧巳が割りこんできた。

「まずいよ。マジでまずい。悪ふざけしたおれたちが警察に捕まる。アウトだよ」

「んなの、わかってるし」

礼央は、ぼくたちに背中を向けると、カメの遊具にまたがってスマホをいじりだした。

なんか気まずい。湿った風が吹いてきて、腕にべったりとからみつく。

「……つづきやろうぜ」

「うん」

灰色の空の下、ぼくたちはおたがいに目をそらすようにして、ゲーム機に視線を落とした。

4 本当にこわい朝読み

「さっきから、『コロコロ、コロコロ』って、何？　勉強するのか、歌の練習をするのか、どっちかにしなさいよ」

　家に帰ってテーブルで宿題をしていたら、キッチンカウンターの向こうがわからお母さんの声がした。

「歌じゃないよ。ヘンリクのお母さんの読み方をまねしてみたんだ」

　今日の朝読みタイムのことを話すと、お母さんは包丁(ほうちょう)で何かをきざみながら、「へえ～」と言った。

「ヘンリクのお母さんのまえに、ナゾのおばさんがまた来たんだ」

「おばさんって、ラップやった人？」

「そう。名前は、米粟米子(よねあわめいこ)。みんな、ライスおばさんってよんでる。二組の朝読みボランティアは、ジンザイブゾクなのかもしれないって、巧巳が言ってた」

「でも、今日はヘンリク君のお母さんが来たんでしょ。そのまえは、あやちゃんだっけ？　その子のお母さんが来たわけだし、ボランティアが不足しているようには思えないけど」

「じゃあ、なんでライスおばさんが来るの？　あのおばさんって、朝読み人材派遣会社の社員？」

「コースケっておもしろいこと考えるわね。だったら、来週はお母さんが行こうか？」

「あっ、いえ、結構です」

　しゃべりすぎた。ぼくは、宿題に集中した。おわったところで、「巧巳もスマホ買ってもらったんだよ。それってどうなの？」と言ったら、「『どうなの？』と言われても、うちにはうちのルールがございます」と今度はお母さんが丁寧な言葉づかいになった。

「みんな持ってるんだよ。礼央なんか、二個目だよ。中学生まで待てないよ」

　ぼくは、イスの背もたれに腕をかけて、「やってらんねー」という態度をした。大きなため息をついたら、お母さんがぼくの向かいがわに座った。

「このまえ、礼央君のお母さんに道で会ったの。礼央君、スマホ依存症の一歩手前みたい」

「えっ？」

「かくれて夜中にゲームしてるんだって。スマホに時間制限を設定しても、ネットで解除の方法を見つけたみたいで効果がないらしいの。それで礼央君のお母さんがスマホを取りあげようとしたら、ドアを蹴るわ、体育着袋を投げるわ、そりゃあ大変だったみたい。幼稚園のとき、毎朝、『ママ、ママ』って、お母さんの足にしがみついて泣いていたあの子がねえ。スマホをほしがる気持ちはわかるけど、礼央君の話を聞いたら、もう、こわくてこわくて」

お母さんは、グーにした両手を顔のまえでふるわせて、大げさにこわがっているふりをした。

「ぼくは、約束を守る」

「昨日、約束の十時をすぎても、ゲームをしていたのはだれ？」

「あ……」

「ということで、この話はおしまい！」

お母さんは立ちあがって、鍋がコトコト音を立てているキッチンにもどっていった。

そんな話をしたせいで、翌朝マンションのまえであくびをしていた礼央を見て、昨日も夜おそくまでゲームをやってたんだなと、ぼくは思った。朝はいつも不機嫌そうに見えたのは、スマホが原因だったんだ。

信号待ちのとき、礼央がスマホでゲームをやりはじめた。巧巳が「それって、そんなにおもしろいの？」とたずねたら、礼央は心ここにあらずって感じで答えた。

「時間限定のイベントゲーム。このチャンスを逃すと、スペシャルアイテムがもらえない」

「でも、一年生が見てるし」

ぼくも「そうだよ、やめなよ」と注意した。礼央は、黄色いカバーをつけたランドセルの子たちに気づくと、ポケットにスマホをしまって横断歩道をわたりはじめた。

ぼくは、礼央の背中に声をかけた。

「そういえば、昨日のライスおばさんの写真、削除した？」

「あー、うん。してないかも」

「どっちだよ」

「なんだよ。コースケ、学級委員長キャラ目指してんの？」

ふりかえった礼央は、しらけたまなざしをぼくに向けて、またゲームをやりはじめた。巧巳は、「しょうがないなあ」という顔をしただけ。昨日見たという実況動画のことを話しだしたけど、スマホを持っていないぼくは、なんだかおもしろくない。あいづちを打つのをやめて、のろのろ歩きの礼央を追いぬかすと、あわててくっついてきた巧巳までムッとしてだまった。

ぼくたちは、幼稚園からのつきあいだ。一年生から四年生まで別々のクラスで、五年生になってやっと同じクラスになれた。はじめはうれしかったけど、このごろ二人としっくりこないと感じるときがある。まえは、がっちり気が合っていたのになあ。

「イテッ！」

うしろから声がしてふりかえると、礼央が肩をおさえていた。アスファルトのくぼみに気づかず、段差に足をとられて電信柱にぶつかったみたい。だから、やめろと言ったのに。

礼央は、落としたスマホを拾いあげて、またゲームをはじめた。何かに取りつかれているみたいに親指を動かしている礼央のはるか遠くで、だれかが自転車をとめてこっちを見ていた。まんまるとした体格に、黄色いハデな服。「もしかして……」と思ったら、自転車はすーっと動いて視界から消えた。

つぎの週の月曜日は、雨だった。

こんな天気の悪い日でも、礼央は肩と顎のあいだに傘の柄をはさんでスマホゲームをやっていた。電信柱に肩をぶつけるのも、いつものパターンだ。ぼくも巧巳も、もう何も言わない。礼央のペースに合わせていると遅刻するから、かまわず先へ進んだ。

教室に入ると、黒板に「今日は朝読みです。静かに聞きましょう」の札がはってあった。

だれが来るんだろうと思いながら待っていたら、ライスおばさんが朝読みタイムの開始時間ぎりぎりに、戸口にすべりこんできた。雨のせいか、頭のてっぺんからとびだしている髪の毛が、いつもよりもくるんくるんしている。

正宣がからかうような口ぶりでたずねた。

「米粟さーん、今日もまた『大きなもも』ですかぁ？」

「ちがうよ」

「じゃあ、なんですかぁ？」

「今からやるんだから、おだまり。今日のお話は、『チョウチンアンコウ』！」

八時二十五分。時間ぴったりに朝読みがはじまった。今日は紙芝居(かみしばい)じゃなくて絵本だ。

最初のページは、男の人ががらんとした部屋で寝(ね)ている絵だった。床(ゆか)の線がゆがんでいて、なんか落ちつかない。

おばさんは、ひんやりした低い声で読みすすめていった。

『チョウチンアンコウ』　　作・新海(しんかい)真水(まみず)

ある日、目を覚ますと、ぼくはガラスケースのなかにいました。

助けを求めてさけぶと、暗がりの向こうから、美しい女性(じょせい)の声がしました。

「お目覚めになったようですね。だいじょうぶ、落ちついてください。ここは、S新宿駅構内の病院です。あなたは、N新宿駅で事故にあって意識を失い、ここに運びこまれてきました」

「ぼくが事故に？　S新宿駅、N新宿駅って、いったいなんですか」

「あなたは、スマートフォンをおぼえていますか」

「ええ、もちろん。スマホがなんだというのです？」

「スマホは、人類が生みだした大発明のひとつとされています。そうですね？」

「そりゃあ、そうでしょう。それまでの生活スタイルががらりと変わったんですから。仕事、遊び、買い物の仕方も」

「信号機もそうですね」

「いや、信号機は変わりませんよ」

「いいえ。あなたが眠っているあいだに、信号機は縦置きから横置きになりました」

　その女性の話によると、信号機だけでなく、コンビニやラーメン屋の看板まで地面に横置きにされたそうです。さらに、その看板を見たお客さんが、スマホから目をはなさずに入店できるように、エスカレーターを設置して店ごと地下に引っ越した。やがて、家や会社や病院まで、地面の奥深くに連なり、それに合わせてエスカレーターも地下へ地下へとどんどんのびて、ついには地球の裏側のブラジルまで出てしまったというのです。

「ところが、そこにはだれもいませんでした。日本人がブラジルに到達したように、ブラジル人は別の地下エスカレーターを通って、日本に到達していたからです。ほかの国々でも同じ現象が起きたので、各国政府は話しあって領土を交換し、新しい土地に前と同じ町を作ることにしました」

「なるほど。ひょっとしてS新宿駅とは、南半球のS。ブラジル側にある新宿駅のことですか」

「そうです。N新宿駅は、北半球のN。つまり、かつて日本にあった元祖新宿駅です」

「おどろいたな。眠っているあいだに、まさかそんなことが起きていたとは……。ところで、きみは、まだ肝心なことに答えていない。なぜぼくは、N新宿駅で事故にあったのです？」

暗がりに向かってたずねると、女性はだまりこんでしまいました。

「遠い昔のことですし、わたくしの口からはなんとも……。でも、ご安心ください。今は最新機器のおかげで、両手が自由に使えます。前を向いて暮らす〈前向き生活〉の時代です。ただし、ひとつだけご注意を。わたしたち人類は、環境の変化に合わせて進化してきましたが、このたび、長期にわたる〈うつむき生活〉によって、地下世界に適した……」

「わかった、わかった。話はもういいから、ここから出してくれないか」

「承知いたしました。では、ご退院の手続きのため、お写真を一枚撮らせていただきます」

カチッと音がして、光がはじけた瞬間、暗がりから女性の姿が浮かびあがりました。

ぼくは、おそろしさのあまり歯がガタガタとふるえ、その場から動けなくなりました。

なぜなら、その顔は——。

ドクンと、心臓が鳴った。

ライスおばさんは、ぼくたちが絵本に釘づけになっているのをたしかめるように、大きな目をぎょろりと左から右に動かした。ゆっくりとめくって、つぎのページの絵がすこし見えたところで、一気にめくった。

見開きいっぱいに描かれた青白い顔。アズキみたいな小さな目。おでこに竿のようなものがついていて、先っぽのレンズに恐怖におびえる男の人の顔が映りこんでいる。まるで深海生物のチョウチンアンコウみたいだ。

「うわっ、きっしょ！」

「人間とチョウチンアンコウの悪魔合体だ！」

ライスおばさんは、ぼくたちがざわついているあいだに帰り支度をすると、さっさと出ていった。時計は、八時四十分を指している。時間的に二人目の読み聞かせはないだろうと思っていたら、大正解だった。教室に来た迫田先生は、朝の会を手短にすませると、音楽室に移動するように言った。

「今日の朝読み、やばかったな」

「うん。あれはマジでやばかった」

ぼくと巧巳は、窓のない暗い廊下を歩きながら、恐怖心を吹きとばすように早口でしゃべった。

「おれの推理では、あの男の人は新宿駅で歩きスマホしていて、ホームから落ちたんだと思う。意識がなくなって、人工冬眠して何百年後かによみがえったんだ」

「目が覚めて、あんな顔の人だらけだったら最悪だね。ぼくなら、また寝る」

「おれも。それで千年後にまた起きる」

ぼくたちが笑っていたら、「くっだらね。あんなの、ありえねーし」と声がした。

ふりかえると、礼央が不機嫌そうにしていた。首のうしろに手をあてている。

「どうしたの？」

「……べつに」

「首が痛いのか。もしかしてスマホのやりすぎ……あっ、うつむき生活のせいだ！」

巧巳の一言に、礼央の目が一瞬泳いだ。血相を変えて追いかけてきた礼央から逃げるため、ぼくと巧巳は音楽室に向かってダッシュした。

5　ライスおばさん徹底解剖？

あの日以来、礼央は登校中にスマホをいじらなくなった。痛みが消えた首筋をさすりながら、「ゲームに飽きた」と言ったけど、本当は『チョウチンアンコウ』の主人公みたいに事故にあうのがこわくなったんじゃないかと思う。ちなみに、ライスおばさんの写真は、「持っていると呪われそうだから」という理由で消したらしい。

何度注意しても歩きスマホをやめなかったのに、たった一回の読み聞かせが効いた。登校中に見かけた自転車に乗ったあの人は、ライスおばさんだったのかな。礼央が歩きスマホをしているのを見て、「なんとかしなくちゃ」と思った？　それとも、教室で盗み撮りしたから？　本当のことはわからないけど、ぼくたちが三人でおしゃべりしながら通えるようになったのは、ライスおばさんのおかげだ。

それにしても、ライスおばさんって何者なんだろう。いまだにナゾのままだ。お母さんに聞いてみたけど、「知らない」の一点張り。

ところが、ある日、ついにしっぽを出したのだった。

「大スクープゲットしたんだ。知りたい？」

梅雨の合間の晴れ晴れとした朝、ぼくは鼻息を荒くして巧巳と礼央に報告した。

「昨日の夜、青葉から電話があって、話しおわったあとにいきなり青葉のお母さんが出てきて、うちのお母さんと話がしたいと言ったんだ」

青葉のお母さんの用件は、朝読みタイムの当番の相談のようだった。ぼくのお母さんは、「ごめんね。その日は仕事なのよ」ともうしわけなさそうに断ったあと、「メイコさんにおねがいできないかしら」と言ったのだ。

巧巳が「あっ」と声をあげた。

「『メイコ』って、ライスおばさんの名前じゃん。知りあいみたいな言い方だな」

「すぐに言いわけして、ごまかそうとしたけどね。お母さんたちがライスおばさんと知りあいなのは、まちがいないよ」

「やっぱりそうだったのか……。ところで、なんで青葉から電話がきたの？」

「学級新聞だよ。『はやく記事を書け』って言われた」

五年二組の新聞係は、ぼく、巧巳、青葉、乃々(のの)、新井凛凪(あらいりな)の五人だ。画用紙の半分をしめるトップ記事は、順番に書くことになっていて、今回はぼくだったらしい。

「らしい」というのは、忘(わす)れてたってこと。

「巧巳、何かネタない？」

「そうだなあ、〈人気給食ランキング〉も〈校長先生クイズ〉もやったしなあ」

「〈おしゃれ男子徹底解剖(てっていかいぼう)〉は？」と礼央がニヤニヤしながら言った。

「それはこのまえ、青葉が書いた記事だし。〈おしゃれ女子徹底解剖(てっていかいぼう)〉だったけどね」

「だったら、〈人気ゲームランキング〉は？」

「それもやった。〈アニメキャラ徹底解剖(てっていかいぼう)〉も〈サコたん徹底解剖(てっていかいぼう)〉もやった」

「じゃあ、〈ライスおばさん徹底解剖(てっていかいぼう)〉は？」

「おっ、それいただき！　巧巳サンキュ」

教室に行くと、青葉に「記事、今日中に書いてね」と念をおされた。

「わかってるよ。それより昨日のことなんだけどさ、うちのお母さんの爆弾(ばくだん)発言、聞こえた？」

「うん。うちのママ、わたしがそばにいることに気づかないで、スマホのスピーカーをオンにしてたの。だからコースケのお母さんが、『メイコさん』って言ったの、バッチリ聞こえちゃった。それで、やっとライスおばさんの正体を教えてくれたんだ」

「マジ？　ライスおばさんの正体がわかったって⁉」

ぼくたちのそばを通りかかった正宣(まさのぶ)が声をはりあげた。それが犬笛になって、人がわらわらと集まってきた。青葉は、期待に胸(むね)をふくらませたぼくたちの顔を見わたすと、ひと呼吸(こきゅう)おくようにして髪(かみ)をかきあげた。

「ライスおばさんは、ママの知りあいで、お母さんたちのかわりに読み聞かせをしてくれる人なんだって。人よんで、〈さすらいの読み聞かセラピスト〉」

「はっ？　なんだそれ」と正宣がニワトリみたいに顔をまえにつきだした。

「町から町へ、絵本や紙芝居(かみしばい)の読み聞かせをして、元気を届(とど)ける仕事みたいよ」

「そんな仕事、ほんとにあるのか」

青葉は、「知ーらない」と言って席を立つと、提出箱(ていしゅつばこ)に宿題を出しに行った。輪がくずれて、それぞれの席にもどっていく。

「〈さすらいの読み聞かセラピスト〉って、なんかウソっぽいな」

巧巳が朝の支度をしながらつぶやいた。ぼくもそう思う。ライスおばさんが青葉のお母さんの知りあいだったというのも、「ふーん」って感じだ。

授業中、ぼくはノートにライスおばさんについて知っていることを書いてみた。

・名前　米粟米子
・仕事　さすらいの読み聞かせセラピスト（？）
・年齢　五十～七十歳？
・身長　一五〇センチくらい？　　体重　？（重そう）
・目　でかい
・声　でかい
・朝読みで読んだもの　『大きなもも』『チョウチンアンコウ』
・その他　時間を守る。ラップをうたえる。お礼と感想はフヨー。

昼休みは、校庭遊びをパスして、新聞作りに取りくんだ。見出しは、ちょっぴり工夫して〈ナゾだらけの朝読みのおばさんのナゾにせまる！〉にした。ライスおばさんの似顔絵も描いた。まるく描きすぎてうちの金魚みたいになってしまったけど、まあいいとする。

この日は、歯医者に行く日だったので、あとは巧巳たちにまかせて家に急いだ。

そして、週明けの月曜日。

黒板の横の掲示板にはりだされていた学級新聞を見たぼくは、「なんだよ、これ⁉」とさけんだ。

ライスおばさんの顔に、シワの線やのどちんこの落書きがしてあった。口の横の吹き出しには、「どんぶらフィイター、ウェーオ！」と、ライスおばさんがうたったラップの歌詞が書いてある。

「これ、だれがやったんだよ」

「おれおれ！」と礼央が自慢げに親指で自分の胸をついた。

「放課後、巧巳が一人で新聞作ってたから、手伝ってやったんだ」

ぼくが横目で巧巳をにらむと、巧巳は首を横にふって、「おれ、別にたのんでないし！」と否定した。

「この絵、ライスおばさんにそっくりじゃね？」

「『そっくり』っていうか、妖怪だよ！」

新聞係の女子たちが集まってきた。青葉が「この絵、リアルすぎる」と顔をしかめると、凜凪は「でも、特徴はとらえてるよね」と言った。乃々は、口に手をあてて笑いをこらえている。

「絵よりも見出しが問題なんだよなあ」

巧巳がどこかのえらい人みたいに腕を組んで意見した。「問題？」と聞きかえしたら、意味ありげに口の端を上げた。

まったく、なんだよ。言いたいことがあるなら、はっきり言えばいいのに……。

黒板には、「今日は朝読みです。静かに聞きましょう」の札がはってある。今日はだれが来るんだろう。ライスおばさんじゃないといいけど……と思ったら、廊下から威勢のいい足音が聞こえてきた。気配を察した女子たちが散り散りに走りだした。ぼくも急いで朝の支度をすませて着席した。

ライスおばさんが教室に姿をあらわすと、正宣が「ゲッ、また出た」とおばけに出くわしたみたいな言い方をした。おばさんは気にせず、黒板のまえの机に向かってズンズン歩いていく。ところが、急に立ちどまり、二、三歩後退して、掲示板のまえで足をとめた。

ライスおばさんが学級新聞をじーっと見ているのを見て、ぼくは生きた心地がしなかった。しかられるのを覚悟していたら、「ナゾにせまる？　おやおや、見出しにうそ偽りありだね」とつぶやいて、掲示板からはなれた。

八時二十五分。

ライスおばさんは、いつものように時間ぴったりに絵本の読み聞かせをはじめた。

カチンコチンになったぼくの体から力がぬけていく。でも……、

〈ミダシニ、ウソイツワリアリ〉って、どういうこと？

『こたつの辰五郎』

作・葦野髄天

辰五郎は、こたつです。おばあさんの家の茶の間にいます。むかしは、一年の半分を物置ですごしていましたが、あるときからずっと茶の間にいるように

なりました。

辰五郎は、毎日、おばあさんといっしょにテレビを見ます。

夏は、扇風機の風にふかれながらテレビを見て、冬になると、こたつぶとんをかけてもらって、おばあさんの足をあたためながらテレビを見ます。

「きれいな海だねえ。若いころにもどって、うんと遠くまで泳いでみたいねえ」

「ジャングルのなかのホテルだって。おっかないねえ。でも、死ぬまえに一度くらいは、泊まってみたいねえ」

「なんとまあ、りっぱな遺跡だねえ。おじいさんが生きていたら、いっしょに見に行きたかったねえ」

ある冬のこと、おばあさんは、しゃっくりをひとつすると、辰五郎にほおずりをするようにねむりました。

しばらくして作業服を着た人たちがやってきて、石のように冷たくなったおばあさんをどこかに運んでいきました。辰五郎もべつのトラックにのせられて、どこかにつれていかれました。

そこには、大きな空がひろがっていました。カモメが辰五郎のところにやってきて、毛づくろいをはじめました。

「あんたは、いいなあ。どこへでも飛んでいけてさ」

「あなたも、こんなゴミだらけのところで休んでないで、ちょいと出かけてごらんなさいよ」

「おれは、こたつだ。あんたみたいな翼がないから、おいそれと出かけられないんだよ」

「あら、やってみなくちゃわからないわ。風にのるのよ、こんなふうに」

辰五郎は、翼をひろげて飛んでいくカモメを見て、「まったく話にならん」とあきれました。

ところがです。風がびゅうびゅうふいて、こたつぶとんがスカートのようにめくりあがりました。辰五郎は、ふわりふわりとまいあがり、海を泳ぐエイのように空高く飛んでいきました。

最初におりたったのは、テレビで見た美しい海でした。

でも、美しいのは、テレビに映っていたところだけ。浜辺は、ゴミだらけです。

割れたガラスの小瓶をせおったヤドカリが、辰五郎によじのぼりました。辰五郎は、くすぐったいのをがまんして、ヤドカリと遊んでやりました。

やがて、海から風がふいてくると、ヤドカリに手をふって、ふたたび空にまいあがりました。

つぎにおりたったのは、テレビで見たジャングルのなかのホテルでした。

でも、かっこいいのは、ホテルのまわりだけ。木が切りだされて、荒れはてた大地がひろがっていました。ジャガーの親子が雨のなかをさまよっていたので、辰五郎は雨宿りさせてあげました。

雨がやんで、辰五郎はふたたび空にまいあがりました。

そうしておりたったのは、テレビで見た丘の上の遺跡でした。

でも、りっぱなのは、遺跡だけ。ふもとの町は、巨人にふみつぶされたようなひどいありさまです。女の子がこわれた家のなかでふるえていました。辰五郎は、女の子の足をあたためてあげようとしましたが、その家には電気も水道も通っていません。

パンッ！　パパパパパッ！

突然、銃声がしました。辰五郎は、風の力をかりて「エイヤッ！」と起きあがり、女の子を守りました。

銃声がやんだとき、辰五郎は、まっぷたつに割れていました。こたつぶとんはやぶれて、つまっていた綿ががれきの上に雪のように降りつもりました。

それから、二年の月日がたち──。

辰五郎は、もうこたつではありません。女の子のお父さんが、天板の一部と脚をつなげて、小さなつくえをこしらえました。

女の子は、そのつくえで絵をかいています。窓からは、丘の上の遺跡が見えます。

ふもとの町は、新しくなりましたが、遺跡は辰五郎がおばあさんといっしょにテレビで見ていたときと変わらぬすがたで、今日もそこにたたずんでいます。


「おーしまいっ！　お礼は不要！　感想も不要！」

八時四十分。ライスおばさんは、朝読みタイムの終了時間ぎりぎりに読みおえた。

ライスおばさんが去ったあと、天馬がとなりの女子と「ジャガーがこたつに入ってる絵、かわいかったね」「おれは、カモメがいいな」と話している声が聞こえてきた。おばさんは「感想は不要！」と言ったけど、感想を言いあっている声がほかにも聞こえてくる。

ぼくはというと、〈ミダシニ、ウソイツワリアリ〉の意味がわかった気がした。ぼくの新聞記事は、ライスおばさんについて、だれでも知っていることだけ。『こたつの辰五郎』でいうなら、テレビに映っていたところだけだ。テレビの枠の外、つまり知られていない部分を書かないと、〈ナゾだらけの朝読みのおばさんのナゾにせまる！〉という見出しはウソになる。

「〈ナゾ〉にせまってなかったなあ」

掲示板の学級新聞を見つめながらつぶやいたら、巧巳がうしろからぼくの肩をたたいた。

「コースケ、それだよ！」

「えっ？」

「さっき、おれが言いたかったのは、そういうこと。あの記事は、取材が足りないんだよ」

「じゃあ、そうする」

えらそうな態度に頭にきたぼくは、すっくと立ちあがって教室を飛びだした。三階から一階にダッシュで階段をかけおりると、正面玄関のドアガラスごしにライスおばさんのまるっこい背中が見えた。

「あっ、ライスおば……米粟さん！」

ライスおばさんをよびとめようとしたら、「コースケ！」と声がした。迫田先生が職員室のほうから走ってきた。

「どうした？　朝の会がはじまるよ。みんなも、はやく教室にもどって」

迫田先生は、ぼくを出席簿で追いはらうようにして、階段の踊り場のほうに急かした。ふりかえると、新聞係が全員そろっていた。

「先生、ぼくは米粟さんに取材しようと思ったんです。だって、まえに先生が『そのうちわかる』って言ったけど、ぜんぜんわかんないから」

ぼくがそう言うと、巧巳も迫田先生に抗議した。

「あの人のこと、ちゃんと説明してください。よく知らない人が、四回も朝読みに来たんですよ。それって、おかしくないですか？」

「まあ、そうだよねえ」と猫背の迫田先生がさらに背中をまるくした。

「米粟さんは、二組のだれかのお母さんとか、おばあさんとかなんですか」

ぼくがたずねると、迫田先生はなぜか出席簿で口をかくして、首を横にふった。

「じゃあ、なんでうちのクラスで朝読みをするんですか」

迫田先生が答えるまえに、乃々が「それは朝読みボランティアが足りないからでしょ」と言った。迫田先生は、出席簿で口をかくしたままうなずいた。

「やっぱりね。じゃあ、ライスおばさんは〈さすらいの読み聞かセラピスト〉って本当？」

青葉の質問に、迫田先生はうなずいた。

「えっ、米粟さんは図書館で働いてるんじゃないの？」

乃々がそう言うと、またうなずいた。

「待って。劇団の女優さんって、うわさで聞いたけど」

凛凪がそう言うと、またまたうなずいたので、ぼくと巧巳は、「どれだよ！」とつっこんだ。迫田先生は、出席簿を小脇にはさんで頭をかいた。

「うーん、お母さんたちとの約束を破るわけにはいかないしなあ」

「約束？」

「あっ、いや……、みんなは米粟さんに取材がしたい。そういうことだよね？」

「はい」

「じゃあ、ぼくから米粟さんにおねがいしておくから。さあ、教室にもどろう」

翌朝、新聞係のメンバー全員で職員室に行くと、迫田先生が「米粟さんから取材のオーケーが出たよ」と言った。ただし、日時は、七月最初の水曜日の午後二時から三時まで。場所は、学校のそばの児童公園、という条件つきだった。

「米粟さんはいそがしいから、あらかじめ質問を用意しておくといいよ。くれぐれも失礼のないようにね」

ぼくたちは、ライスおばさんへの質問表を作ることにした。青葉が、みんなの意見も聞いたほうがいいというから、アンケートをとることにした。

〈ライスおばさんに聞きたいことは？〉と書いた小さな紙を配ったら、大之進以外の全員から紙が返ってきた。その結果をもとに質問を選んで、発言の順番をきめた。

準備万全でむかえたインタビューの前夜、お母さんが「明日の歯医者さんだけど、おぼえてるよね」と言った。

「うん、四時でしょ」

「ほら、やっぱり忘れてる。四時半だって言ったでしょ」

「なぁんだ、よかった」

「何がよかったのよ。忘れてたくせに」

「明日は、学級新聞の記事を書くためにライスおばさんに取材するんだ。三時におわるから、歯医者は余裕で間に合う」

ひさしぶりに夕飯の時間に帰ってきたお父さんが、カレーライスをほおばりながら、

「ライスおばさんって？」と言った。

「朝読みに来るナゾのおばさん。おかしな紙芝居を読みながら、ラップうたったり、ヘンな人なんだ。お母さんの知りあいみたいだけどね」

「へえー。どういうお知りあいで？　ヨガ教室の友達？」

「わたしもよく知らないの。石川さんが知ってる」

お母さんは、涼しい顔をして青葉のお母さんに責任をなすりつけた。

「くわしい話は明日、ライスおばさんから聞くからいいよ。お母さんたちがサコたんとした〈約束〉のこともね。ごちそうさま！」

このまえ、迫田先生がポロッとこぼしたことを匂わせると、お母さんは一瞬、「おっ？」という表情になって、すぐにとりすました。

「どうぞお好きに。あなたたち、おどろきの事実を知ることになるわよ」

学級新聞

6 独占インタビュー

学校がおわると、ぼくたちは公園に向かった。

取材場所に指定された児童公園には、屋根つきのテーブルがあって、いつもお年寄りや子ども連れのお母さんたちが独占している。この日は、ラッキーなことに空いていた。ぼくは巧巳のとなり、女子たちは向かいがわに座って、ライスおばさんの到着を待った。

「来たぞ」

時計台の針が約束の時間の二時を指したそのとき、ライスおばさんがあらわれた。

全身真っ黒、頭には黒い水泳キャップみたいなものをかぶっていて、二の腕に黒いゴムをはめている。

「チャオ！」

ライスおばさんは、ぼくのとなりに腰をおろすと、牛乳パックにストローをつきさして、チューチュー飲みはじめた。

「なんかいつもとちがって地味……っていうか、黒でまとめてて、かっこいいですね」

青葉がほめると、ライスおばさんは「舞台の稽古中なのよ」と言った。

凛凪がテーブルに身を乗りだした。

「じゃあ、やっぱり劇団の女優さんだったんですね！」

「若いころに、ちょこっとだけね。今は、人形劇団でお手伝いしてるの」

ライスおばさんは、またストローをくわえて、チューチューやりだした。

「えっ？　図書館で働いてるんじゃないんですか」

「さすらいの読み聞かセラピストは？」

乃々と青葉が矢継ぎ早にたずねると、ライスおばさんは、「待て」というふうに右手をあげた。口をすぼめて、残りの牛乳を一気に吸いあげる。

「ハアー、満足満足。制限時間は、六十分。さあ、なんでも聞いてちょうだい」

取材がはじまった。最初の質問者は、青葉だ。青葉は、長い髪をはらって姿勢を正した。

「新聞係の石川青葉です。今日はよろしくおねがいします。米粟さんは、ふだんは何をしているんですか」

「人形劇団の裏方。絵画教室の助手。日本語教師。保育園や図書館での読み聞かせ。ほかにも、いろいろ」

「そんなに？　大変じゃないんですか」

「あたしは、ヒマが大きらい。マグロみたいにずっと動いてないとダメなんだよ」

つまり、青葉と乃々と凛凪が言ったことは、全部当たっていたんだ。ぼくは、ノートに「仕事いろいろ。マグロ」とメモした。つぎは、ぼくの番だ。

「田中幸助です。どうして米粟さんは、ぼくたちのクラスに来るんですか」

「その質問に答えるまえに、四月二十二日の朝のことをおぼえてる人は？」

突然の逆質問に固まってしまったぼくのかわりに、巧巳が「いいえ」と答えた。

「じゃあ、その日の黒板に、〈今日は朝読みです〉の札がはってあったのをおぼえている人は？」

ぼくたちは顔を見合わせて、首を横にふった。

「その日は、あるお母さんの朝読みデビューの日だったの。ところが、教室のまえまで行ったら、『五年生になって、朝読みなんてさぁ』と聞こえてきたんだって。『つまんないし、いらね』って声も。それで、そのお母さんは急におじけづいちゃって、廊下を引きかえしたそうだ」

青葉が「うそ……」と声をもらすと、ライスおばさんは、「うそもなにも、ほんとのことだよ」と言った。

「あたしがその場にいたら、『しっかりして』と言っただろうね。朝読みを待っていた子もいただろうに、だまって帰っちゃうなんてさ。でも、そのお母さんにとっては、心にささる言葉だったんだろうね」

五年二組は手厳しい。そんなうわさが保護者のあいだで伝わって、ボランティアのなり手がいなくなった。それで、一回目の朝読み担当だったぼくのお母さんもよばれて、学年学級部の青葉と乃々のお母さんと近所の図書館で話しあっていたとき、司書さんがライスおばさんを紹介したそうだ。

「『朝読みはやめてもいいんじゃないか』という意見も出たよ。でも、あたしは人前で話すのが苦手な人や、めったに学校に来られない人こそ、一度でいいから朝読みをやってもらいたい。そのためのお手伝いならするよと伝えたんだ。だって、授業参観でもないのに、子どもたちの様子を見られるんだよ。自分の声で子どもたちをお話の世界につれていけるんだよ。なかなかのイベントじゃないか、これは。そんなわけで、朝読み初心者のお母さんやお父さんが、ちょこっとでも心のハードルを下げて教室に入れるように、あたしが前座をつとめるようになったわけ。まあ、もりあげ役だね」

　ぼくは、メモをとるのを忘れて、ライスおばさんの話を聞いていた。なんだか擦り傷ができたみたいに太股がヒリヒリする。

「四月二十二日に朝読みに来たお母さんって、だれかな」

「っていうか、朝読みの悪口を言ったやつ、だれ？」

「正宣じゃない？　それか、礼央とか」

　頭をつきあわせてヒソヒソ話していたら、ライスおばさんがピッと手笛をふいた。

「今の話は、迫田先生にも子どもたちに内緒にしてもらってるんだから、胸にしまっておいてちょうだい。それと、犯人さがしはダメ。こちらとしては、考えるきっかけをもらったんだから」

　ライスおばさんは、ハンドタオルをふって顔に風を送りながら言った。

「何年かに一度、こういうことがあるんだよねえ。……おっと、時間がなくなるよ。つぎの質問は、だれ？」

「あっ、はい！」乃々が手をあげた。

「杉下乃々です。どうして紙芝居を読んだあとに、『お礼も感想も不要！』と言うんですか」

「お礼は、あんたたちのまっすぐな目と、ピンと立てた耳だけで十分。好きに聞いてくれたらいいんだよ」

「でも、ふつうはお礼も感想も言います」

「フフフ、あたしはふつうじゃないの。一日のはじまりに、みんなでお話に耳をかたむける。そこさえおさえておけば、あとはなんでもオーケー。ラップでいうなら、フリースタイルの朝読みだよ」

「ラップといえば、『大きなもも』の歌は、だれが作ったんですか。……あっ、わたし、新井凛凪です」

凛凪は、アンケートで一番多かった質問をした。ライスおばさんは、自分の鼻を指して「あたし」と言った。

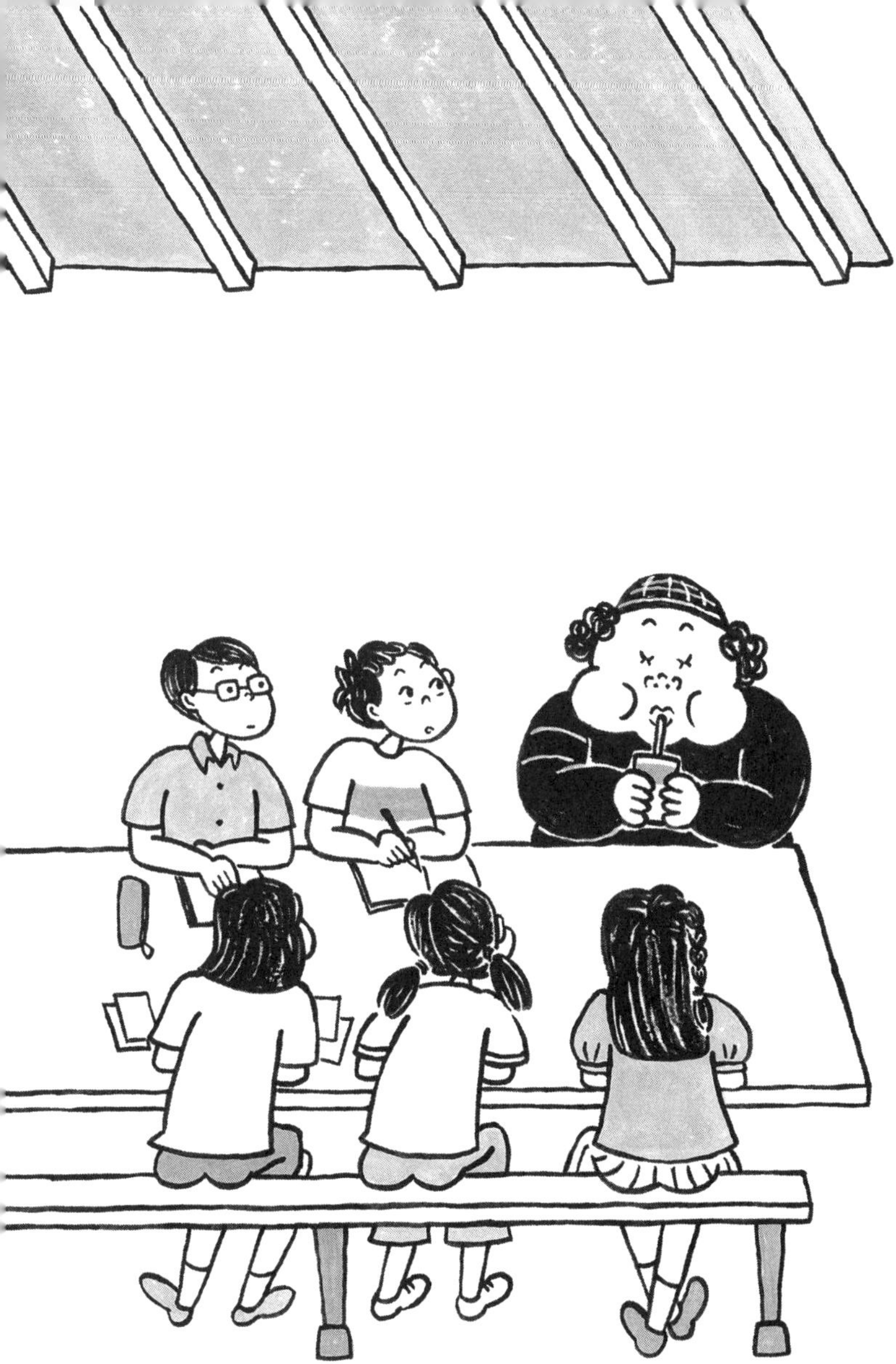

「えっ、米粟さんだったんですか。じゃあ、無花果林檎は、ペンネーム？」

「そう。あの紙芝居は、あたしの友達のために作ったんだ。話すと長くなるから、以下省略。さあ、ほかに質問は？」

「はい、馬場巧巳です。『チョウチンアンコウ』や『こたつの辰五郎』も、米粟さんが作ったんですか」

「いいえ」

「じゃあ、『チョウチンアンコウ』は、歩きスマホをやめさせるための絵本ですか」

「『はい』でも、『いいえ』でもない」

「えっと……、どういうことですか」

そのとき、ライスおばさんが「あっ、風船だ！」とさけんだ。ぼくたちが空を見あげると、「……と言ったとするよ」と言った。

「巧巳君はどんな風船を想像した？」

「赤い風船」

「青葉ちゃんは？」

「いろんな色の風船です」

ぼくは白、乃々は黄色、凛凪はハート型の風船と答えた。

「ほらね。同じ言葉でも、想像するものはちがうでしょ。読み聞かせもそう。みんなで同じお話を聞いても、感じ方はそれぞれちがうってところがおもしろいんだよねえ。巧巳君があの絵本を歩きスマホをやめさせるための話だと思ったのなら、それがきみの正解だよ」

巧巳は、「なるほど」とつぶやいた。最後に、青葉が質問した。

「つぎは、どんな話を読むんですか」

「まだきめてないよ。そのまえに読み聞かせがいいのか、自主読書がいいのか、みんなの意見を聞きたいね。……ああそうだ。このまえの学級新聞、おもしろかったよ。どの記事も書いた記者の個性が出ていたね。では、ここまで。チャオ！」

ライスおばさんは、手をグーパーしながら足早に立ち去った。三時ぴったり、約束したとおりの時間に取材がおわった。

巧巳は、ほっとしたように肩の力をぬいて言った。

「ヤバい人かと思ったけど、意外とそうでもなかったな。シンプルに世話好きなのかも」

「でも、うちのクラスだけ朝読みがすくないのが、わたしたちのせいだったなんて、ちょっとショックだな」

青葉がそう言うと、凛凪はテーブルに拳を強くのせた。

「だれだよ、悪口言ったやつ。わたしたちまで巻きぞえを食って、ムカつくんだけど」

「でも、朝読みしないで帰っちゃったお母さんも、ちょっと……。大人なんだから悪口を言った人に、注意してくれたらよかったのに」

乃々が不満をもらすと、巧巳は審判員のように手をあげた。

「ストップ。この話はもうやめよう。犯人さがしはダメって、ライスおばさんが言ってたし」


ぼくは、みんなよりも先に公園を出た。

歯の治療がおわって待合室にもどると、お母さんが待っていた。

「『おどろきの事実』って、ボランティアのお母さんが朝読みしなかったこと?」

買い物客でにぎわう夕方の商店街で、ぼくはお母さんの半歩後ろを歩きながら聞いた。紺色のスーツを着たお母さんの背中から、「ずっとはぐらかしてごめんね。いろいろとむずかしくて」と声がした。

「子どもが大きくなるにつれて、朝読みボランティアがへっていくし、本選びにも時間がかかるし、何よりもあなたたちがねえ。コースケだってそうでしょ。お母さんが読み聞かせに行ったとき、つまらなそうな顔して消しゴムいじってた」

「それは、あの……、いきなり来たから、パニクッただけだよ」

「べつに責めてるんじゃないのよ。お母さんね、高学年からは朝読みタイムは自主読書にすればいいって、青葉ちゃんのお母さんに提案したの。でも、メイコさんは、あなたたちがいやじゃなければ、読み聞かせはつづけるべきだと言った。『読み聞かせは、ごはん一膳分にはならないけど、心の栄養の一粒になる。高学年だからこそ、だれかに本を読んでもらう最後の時間を味わってほしい』って」

そうだったのか。「朝読みはやめてもいいんじゃないか」っていう意見は、お母さんだったのか。

まえを歩いていたお母さんが肉屋さんのそばで立ちどまった。店内からメンチカツを揚げる香ばしいにおいがただよってくる。

「今夜は、あれにしようか」

「……うん」

ぼくたちは、買い物客の列にならんだ。順番を待っているとき、ふっと、夜のテーブルが頭に浮かんだ。ぼんやりした灯りの下で、お母さんがストップウォッチで時間をはかりながら絵本を読んでいた。あれは、ぼくが何年生のときだっけ？

横目でお母さんの顔を見たら目が合った。ぼくは、あわてて目をそらして、治療した奥歯を舌でいじりながら、ごちゃごちゃした色の夕焼けを見つめた。

7　読み聞かせか？　自主読書か？　それとも……？

翌朝、ぼくたちは、迫田先生に取材が無事におわったことを報告した。

「ここだけの話、うちのママが『朝読みボランティアの舞台裏はご内密に』って、サコたんにおねがいしたんでしょ」

職員室のまえで青葉がそう言うと、迫田先生は笑って、「そこはノーコメントで」と答えた。

「まえの学校では、図書委員が低学年の教室で絵本の読み聞かせをして、それ以外の子は自主読書だったんだ。空池小に来てからは、学年学級部とボランティアの方々におまかせっきりで……。みんな、感謝の気持ちを持って聞いている、よね？」

ぼくは、あいまいにうなずいた。巧巳は、お地蔵さんみたいなナゾの微笑みを浮かべている。

「おいおい、ちゃんと答えてよ」

「だいじょうぶ。わたしたちにも考えがあるので安心してください。では！」

青葉が先生に向かって敬礼すると、ぼくたちは逃げるようにして職員室を去った。

「サコたんって、ほんとママ軍団に弱いんだから。……コースケ、これ」

青葉が廊下を歩きながら、ぼくに紙をさしだした。受けとった紙には、こう書いてあった。


【新聞係アンケート】
①読み聞かせ　②自主読書　③どっちも良い　④どっちもいらない（その理由）

「何これ？」

「ライスおばさんが読み聞かせと自主読書のどっちがいいか知りたいって言ったでしょ。コースケが帰ったあと、みんなで相談してアンケートをすることにしたの」

教室にもどると、新聞係全員で手分けしてアンケート用紙を配った。青葉がお菓子の箱で作った回収箱をかかげて、「帰りの会までに書いて、この箱に入れてくださーい」と声をはりあげた。

礼央がぼくの席にやってきた。

「コースケ、何番にした？」

「まだ書いてない」

「巧巳は？」

「〈どっちも良い〉にした。礼央は？」

礼央のアンケート用紙には、④の〈どっちもいらない〉に雑に丸がつけてあった。

「その理由」のところには、「自由でいたい」。

ぼくは、机の上のアンケート用紙を見た。

「自由でいたい」は賛成だけど、読み聞かせがきらいというわけじゃない。でも、①の〈読み聞かせ〉だと、お母さんも来ちゃうし……。だったら、②の〈自主読書〉かなと思ったけど、ライスおばさんやボランティアの人たちに来てほしくないって思われてしまうのは困る。そうなると、③の〈どっちも良い〉なのかな。

すぐにきめられない自分にイライラしてきた。どうしてぼくの学校には、朝読みタイムがあるんだろう。月初めの体育朝会だってナゾだ。毎週金曜日の音楽集会も。あたりまえにある朝の活動が、全部ふしぎに思えてきた。

「じゃあ、開けるね」

放課後、青葉が回収箱をひっくりかえした。ぼくたちは、机にできたアンケート用紙の白い山を回答ごとに四つに分けた。

結果は、三十四票のうち、〈①読み聞かせ〉七票、〈②自主読書〉七票、〈③どっちも良い〉十八票、〈④どっちもいらない〉二票。五年二組は三十五人で、今日は欠席ゼロだったので、一人だけ出していないことになる。たぶん、というか絶対、大之進だ。

「はい、決まりました。〈どっちも良い〉の圧勝です!」

巧巳が発表すると、青葉がアンケート用紙の束をめくりながら言った。

「でも、〈どっちも良い〉を選んだ人たちでも、『読み聞かせがおもしろいから』って書いてる人と、『どちらかというと、自主読書のほうが好き』って書いてる人がいるよ」

乃々(のの)と凛凪(りな)も、それぞれ別の束を確認(かくにん)しながら、

「〈読み聞かせ〉を選んだ人たちも、こっちは『絵本がいい』で、こっちは『絵本はもういい』だって」

「〈自主読書〉を選んだこの人、『読み聞かせをやりたかったら、やってもいい』だって」

結果の数字はシンプルなのに、思っていることは、それぞれちがう。圧勝(あっしょう)した〈どっちも良い〉だって、いろんな思いがしみこんだ〈どっちも良い〉だから、やや

こしい。

「めっちゃバラバラだね」

ぼくがそう言うと、巧巳は肩をすくめた。

「みんな、〈どっちも良い〉っていうか、どーでもいいんだよ。読み聞かせも自主読書も、あってもなくても困らないし」

「そんなふうに言ったら、ボランティアのお母さんたちに失礼だよ。うちのクラスのみんなが昨日のライスおばさんの話を聞いていたら、結果が変わったかもしれないよ」

「じゃあ、青葉はどれを選んだ?」

「……③番」

青葉が声のトーンを落とすと、乃々と凛凪も「わたしも」と言った。

「コースケは?」

「③番」

「なんだよ。みんな、どーでもいいんじゃん」

ぼくはうなずいたけど、女子たちはそろって首を横にふった。

「そうじゃなくて、どっちにもいいところがあるの！　とにかく、この結果はつぎの新聞で発表しよう」

青葉は、アンケート用紙をひとつに束ねると、新聞作りのことに話題を変えた。

ぼくは、特集記事の担当に名乗りでた。見出しは、もうきめてある。〈ナゾだらけの朝読みのおばさんのナゾにせまる！第二弾〉。前回のリベンジだ。

ぼくがライスおばさんのインタビュー記事を、巧巳がアンケート結果をまとめることになった。ほかの記事は、青葉が〈夏のファッション〉、乃々が〈夏のダイエット〉、凛凪は〈速く走るコツ〉だ。

「またファッションとダイエットとかけっこ？　このまえと同じじゃん。テキトーだな」

巧巳がいやみを言うと、女子たちがワーワー言いかえした。

「わかってないなぁ。前回は洋服で、今度は小物をテーマにするの！」

「わたしだって、テーマは同じでも、ちがうネタで書くよ。当然でしょ！」

「速く走るためのトレーニングは、ひとつじゃないの！」

青葉たちは、明日記事を書くと言って、プリプリしながら先に帰っていった。

静かになった教室で、ぼくは取材メモを見ながら記事を書いた。ライスおばさんがいろんな仕事をしていること。『大きなもも』の作者だったこと。ぼくたちの教室に来る理由については、「二組は朝読みボランティアがすくないので、図書館の司書さんの紹介で来てくれるようになった」と書いた。

「コースケ。これ、だれのだと思う？」

アンケート用紙に目を通していた巧巳が、二枚の紙を机にならべた。一枚は、礼央が書いたものだとわかった。もう一枚は、④の〈どっちもいらない〉に丸がついているだけ。（その理由）のところは、空白だった。

「さあ。朝読みの悪口を言ったやつだったりして」

「その線もあるな。だれだろう。犯人さがしはいけないけど、気になるよね」

「やっぱり巧巳も？」

「うん。読み聞かせしないで帰ったお母さんも。うちのお母さんだったら、悪口言ったやつにオニみたいに怒ると思う。朝読みボランティア、やったことないけどさ」

巧巳の両親は、病院勤めのお医者さんだ。ぼくは、なんでみんなのうちの人は朝読みボランティアをやらないのか聞いてみた。すると、巧巳はこう答えた。

「働いてる人が多いんだって。今年から働きだしたお母さんも多いって、ライスおばさんの取材がおわったあとで、青葉たちが言ってた。コースケのお母さんは、ずっとやってるんだろ？」

「うん。でも、うちのお母さんも仕事をはじめたから、読み聞かせはやめるかもって言ってた」

「ふーん。みんな、シンプルにいそがしいから、ボランティアをできないんだろうな。ま、ようするにお母さんたちも〈どーでもいい〉が圧勝(あっしょう)なんだよ」

なるほど、とぼくは思った。だけど、読む人も聞く人も〈どーでもいい〉だとしたら、ライスおばさんはなんなんだろう。ぼくたちとお母さんたちのあいだで世話を焼きながら、一人だけ浮(う)いていることになる。

ぼくは、モヤモヤした気持ちをかかえたまま、記事のつづきを書いた。

8　それぞれのものさし

最新号の学級新聞〈ナゾだらけの朝読みのおばさんのナゾにせまる！第二弾〉は、好評だった。

礼央は「ライスおばさんの仕事の数がやばい」と笑い、巧巳は「コースケ、やっとナゾにせまれたな。おれが書いたアンケート結果のグラフも、ナイスアシストだった」と鼻高々だった。

迫田先生も朝の会のときに「今回もがんばったね」と学級新聞のことに触れてくれた。

「『朝読みタイムの約束。ボランティアの人に感謝の気持ちを持って、静かに聞きましょう』。……うんうん、そうだよね。大事なことだから、もう一度読んじゃおうかな」

迫田先生は、青葉が特集記事の枠の外に書いた文章が気に入ったみたいで、ぼくたちに釘を刺すように二回も読みあげた。

じつは、この文章にはつづきがあって、「自主読書をしたい人は、こっそりと！」と小さな字で書いてある。

掲示板に新聞をはっていたとき、あやが「読み聞かせを聞きたくない人は、本を読んでいてもいいのかな」と聞いてきたから、青葉がその場でこの文章をつけ足したのだった。巧巳は、「べつに書かなくてもよくね？」と言ったし、ぼくもそう思った。

迫田先生は、「こっそりと！」に気づかなかったのか、気づかないふりをしていただけなのか知らないけど、その部分は読まずに別のことを話しはじめた。

つぎの月曜日、ライスおばさんがまたやってきた。

学級新聞の朝読みアンケートの結果を見て、「第一位は、どっちも良い派か」とまんざらでもなさそうにつぶやいて、紙芝居の準備をはじめた。

今日は、どんな話を読んでくれるんだろう。いつもどおり、朝読みタイムの時間ぴったりに読み聞かせがはじまった。

『マイナーなメジャーたち』

作・枡田弦鉄

　スーパーアルティメットメジャーHAKARUは、巻き尺です。長い名前なので、ハカルのご主人様は「ハカル」とよんでいます。銀色の金具をつまんでひっぱると、レーシングカーのようにピューッと音を立てて白いテープがのびてゆき、目にもとまらぬ速さでデジタル画面に長さを表示する。ハカルは、測ることにかけては、だれにも負けない自信がありました。「メジャーリーグ」という計測のスピードと正確さを競う大会では、連続優勝記録を更新中です。

　ところが、その年のメジャーリーグの初戦で、レーザーで距離を測る巻き尺にあっけなく負けてしまいました。「1」という数字以外を認めないハカルのご主人様はがっかりして、ハカルをおいて会場を去りました。

　失意のなか、ハカルが夜更けの町をさまよっていると、楽しそうにおしゃべりする声が聞こえてきました。月明かりの下に集まっていたのは、年季の入ったはかりたちでした。

「これはこれは。ガラクタのはかりが集まって、マイナーリーグでもはじめるのかい？」

ハカルがいやみを言うと、竹じょうぎは曲がった背筋をのばして、せきばらいしました。

「そこの若造よ。ワシは、まだまだ現役だぞ。服の仕立て屋をやっているワシのご主人は、『ものさしは竹製にかぎる』と言って、腹がこんなにすりきれても使ってくれるんだ」

上皿はかりも、ハカルに抗議するように、頭のお皿を上下に動かしました。

「あっしは、バネがいかれちまって、大きな肉のかたまりをのせられると、計測があまくなっちまう。ところが、お客さんたちは、『ここの肉屋は気前がいいねえ』なんて言って、よろこんで買っていくんだ。おかげで商売繁盛だよ」

体重計も、曲がった針を左右にゆらして言いました。

「あたしんちのおくさんは、ご主人からもらったデジタル体重計には見向きもしないの。あたしのほうがちょっぴり目方を軽くしてあげるから、毎日気分よ

くすごせるんですって！」

「フンッ、人間なんていい加減なもんだな」

ハカルがあきれると、竹じょうぎは笑って言いました。

「おぉ、そうともよ。そんな人間が作ったんだ、完璧なはかりなんか、どこにもありゃしない。神様だって、巻き尺で測ってお天道様と月の距離をきめたわけじゃないしな。あんたには、あんたのものさしがある。そのあんたを良しとする人が、この世界のどこかにいる。きっといるさ」

ハカルは、夜風に目を細めて、鼻をスンとすすりました。今夜の月は、てっぺんがほんのすこし欠けた十六夜です。

ライスおばさんは、最後の一行の余韻を引きずるように、今日は静かに出ていった。

そして、知らないお母さんが入ってきた。髪をうしろでひとつに結わえていて、首からぶらさげた来校証は胸ポケットにしまってある。正宣が「だれのお母さん？」と聞いたら、答えずにただ微笑んだ。

そのお母さんは、『五分後にハッピーエンド』という本のなかから、『あなたのための歌』という短い物語を読んだ。ウサギを見たことがないカエルが、ウサギに会いたくて歌をうたっていたら、月にいたウサギが歌声に惹かれてカエルのところにやってくる、という話だった。

朝読みタイムのあいだ、教室は静まりかえっていた。青葉が書いた「朝読みのときの約束」が効いたのかなと思ったけど、それだけじゃないとわかったのは、四時間目のときだった。

水泳の授業が雨で中止になって、体育館でマット運動の順番を待っていたとき、青葉がぼくに話しかけてきた。

「今日の朝読み、なんかよかったね。ライスおばさんの紙芝居も、ビビッときたし。服の方向性になやんでるわたしのためのお話だと思ったよ」

「服の方向性？」

「わたし、黒い服が好きなんだけど、塾友からパステルカラーのほうが似合うって言われて……。でも、きめた。自分が着たい服を着るっ」

乃々と凛凪が「わかるー」と言って、ぼくたちの話に入ってきた。

「わたしもビビッ！だよ。美容体重ばかり気にしてるわたしのための話だと思ったもん」

「そう？　陸上クラブでいつもビリの子のための話だと思った。あっ、それ、わたしのことだけどね」

「えー。凛凪は、足速いよぉ」

「乃々だって、そんなに太ってないしぃ」

「クラス一のおしゃれ女子は、青葉だよぉ」

たがいにほめあっている青葉たちを見ながら、ライスおばさんが「同じお話を聞いても、感じ方はそれぞれちがう」と言ったことを思いだした。今朝の朝読みタイムが静かだったのは、ビビッときた人が多かったせいかもしれない。

今日の紙芝居でぼくが思ったのは、同じ「測る」でも、いろんなはかりがあって、それぞれのものさしがあるってこと。朝読みアンケートでは、〈どっちも良い〉が圧勝したけど、だからって、それ以外を選んだ人たちの意見を無視していいわけじゃない。

青葉が書いた「自主読書をしたい人は、こっそりと！」。あれはあれでよかったのかもしれないと思いなおした。


「アンケート結果、変わってないか?」

体育がおわったあとの給食の時間、巧巳が配膳台越しに学級新聞を見て言った。巧巳のうしろにならんでいたぼくは、カメみたいに首をのばして掲示板を見た。

「ほんとだ。〈どっちもいらない〉が二票から一票にへって、〈読み聞かせ〉が七票から八票にふえてる……」

ぼくは、配膳台の向こうがわにいる礼央を見た。豚汁をすくっていた白衣姿の礼央は、ふりかえって学級新聞を見た。

「おれじゃないし。書きなおすことに意味あんの?」

「たしかに」と巧巳。

「じゃあ、だれが書きかえたんだろう」

つぎの週の月曜日は、祝日だった。その四日後、学級新聞のアンケート結果を書きかえたのはだれかわからないまま、一学期がおわった。

9 夏休みの朝読みタイム

夏休み、ぼくは、静岡のおばあちゃんの家に泊まりに行った。お母さんの妹の子どもたちと毎日海に出かけて、サップという一人乗りの立ちこぎボードで遊んだ。

静岡で二週間すごして帰ってきた翌朝、ソファーに寝転がってゲームをしていたら、掃除中のお母さんがぼくの鼻先にチラシを近づけた。

「コースケ、うちの近くに補習塾ができたから行ってみる？」

「ん〜、だいじょうぶ」

お母さんは、掃除機の電源を切って、説教をはじめた。

「巧巳くんは塾の夏期講習、礼央くんは毎日プログラミングの勉強をがんばってるんだから、コースケもすこしは考えたら？　来年は六年生だよ」

「スマホ買ってくれたら行くよ」

「それはそれ！　これはこれ！」

お母さんはチラシをまるめると、ぼくの耳元で掃除機をガーガーやりはじめた。

「宿題やらないとなあ」

算数プリントはやったけど、自由研究と読書貯金と読書感想文という大物には、まだ手をつけてない。エアコンが効いた部屋で、あとでやろうと思いながらゲームをつづけた。

そんな調子で毎日すごしていたら、八月の後半になっていた。夏休みも、あと一週間でおわりだ。

自由研究のテーマを考えていたら、出勤前のお母さんが、「ふれあい植物センターで食虫植物展をやってるよ」と手書きの地図をくれた。

ぼくは、追いだされるようにして家を出た。むせかえるような暑さのなか、お母さんと駅まで二十分くらい歩いた。そこからお母さんは電車で職場へ、ぼくはバスでふれあい植物センターに向かった。

「あっ、しまってる」

ごっつい門のまえで、ぼくは肩を落とした。わざわざ来たのになんだよ。お母さん、休館日ぐらいちゃんと調べてよ。

家に帰るため、道路の反対側にわたった。バス停の近くにコンビニがあったので、サイダーを買って外に出たら、雨がザーザー降ってきた。今日はついてない。

コンビニの軒下で、サイダーを飲みながら雨がやむのを待った。白くけむった歩道に、「ふらっとプラザ・ひだまり図書館まで五〇〇メートル」と青い標識が立っている。

そうだ、あの図書館で読書貯金をかたづけよう。

空池小では、夏休みに本を読んで感想を一行書くという宿題がある。五枚つづりのプリントは、全部で百行。つまり、百冊分だ。百冊読んだらメダルがもらえるけど、ぼくは一度ももらったことがない。

雨がやむと、標識の矢印のほうに向かってみた。新たな標識にしたがって左に曲がり、住宅街の長い坂道をのぼっていく。雨上がりのねばりつくような暑さがうざったい。あとどれくらいで図書館に着くんだろうと思いながら歩いていたら、帽子をかぶった子どもが古めかしい家のまえでしゃがんでいた。Tシャツとズボンのあいだから、ぷよっとした白い背中が見えている。同じクラスの三丸大之進だ。

「あっ、ダイノだ。何してるの？」

石垣に植えてある松の木の根元を小型ルーペでのぞきこんでいた大之進は、ふりむいて「コケ」と言った。

「ここ、ダイノんち？」

大之進は、首を横にふった。ぼくが「それ、貸して」と言うと、いやそうな顔をしてルーペをさしだした。石垣の植えこみに生えているコケに顔を近づけて、ルーペを遠ざけたり近づけたりしていたら、ふいにピントが合った。

「このコケ、星みたい。トゲトゲの先っぽが透明だ」

「エゾスナゴケ」

「こっちは、目玉みたいなのがついてる。コケのなかから木が生えてるよ」

「ジャゴケのシキタク。木じゃない。ジャゴケは、茎と葉がはっきり分かれてない」

「でも、そう見えるよ」

「分かれてない。そういうヨージョータイ」

「なるほど、なるほど」

シキタクもヨージョータイもわからないけど、適当に返事してルーペを返した。大

之進は、ほっとしたような顔をして、コケの観察にもどった。

大之進は、変わったやつだ。三年生のときから同じクラスだけど、いつも植物や古代生物なんかの図鑑をながめている。四年生のとき、大之進がとなりの人に絵筆を洗う水をぶちまけたことがあった。それ以来、ふだんはおとなしいけどキレるとこわいやつ、という目で周りから見られている。

「ダイノ。ひだまり図書館って、どこにあるか知ってる?」

大之進は、ルーペをのぞいたまま、空いているほうの手で坂の上を指した。

「じゃあ、このまま行けば着くのか」

うしろから、「そうだよ」と声がした。首をねじると、大きなサングラスに、黒と緑のたてじま模様のワンピースを着た人が立っていた。

「やあ、コースケ君」

大きなスイカみたいなその人は、ぼくの名前を言ってニヤリとした。

「あっ、ライスお……米粟さん!」

「ライスおばさんでいいよ。あんたたち、よそ様のお宅のまえで何してんの?」

「三丸君がコケを観察してて……」

「コケ？　ちょっと見せて」

大之進はいやそうな顔をして、ライスおばさんのてのひらにルーペをおいた。

「どれどれ……、あっ、見えた！　こりゃ、コケのジャングルだね。水滴をまとってキラキラしてるよ。おっと、ここにモコモコしたのがいる」

石垣にかじりつくようにしてコケを観察しているライスおばさんに、大之進が言った。

「……ハマキゴケ。乾燥すると、葉をまるめて水気を守ろうとする。雨上がりは水がかかって、コケがおどる」

「へえ～。『おどる』なんて、すてきな表現だね。はい、ありがと」

ライスおばさんはルーペを返すと、肩かけかばんをごそごそいじりはじめた。

「いいものを見せてくれたから、お返ししないとね。三丸君、図鑑好きでしょ。ちょうどキミにぴったりの絵本を図書館に返しにいくところだったんだよ」

絵本を取りだすと、「よそ様のお宅のまえで」と言ったライスおばさんが、その場で読み聞かせをはじめた。

『マージカル男爵のふしぎなキノコ図鑑』

作・アウグスト・R・マージカル

このたび、わたくしアウグスト・R・マージカルは、世界中を旅して見つけた世にもめずらしいキノコたちについてまとめた図鑑を発表する運びとなりました。

読者のみなさまが、野原や森や水辺、あるいは大都会の片隅へくりだして、ふしぎなキノコたちと出会えることを心より願っております。なお、キノコは、無味、美味、猛毒と多種多様なのでご注意ください。

◎ハナテングタケ

世界中に広く分布。食べると、自信がわいてくる。はずかしがりやの人は、乾燥させたハナテングタケの粉末をお茶に少量まぜるとよい。加減をまちがえると、自信過剰になるので要注意。

◎ドワスレタケ

記憶障害を引きおこす胞子を飛散する。この胞子を吸いこむと、「アレ・ソレ・コレ」と言った言葉が会話中に増える。同種のキノコに、「ダレダッタケ」と「ナンダッタケ」がある。

◎カンニンブクロタケ

袋から怒り成分をふくんだ胞子をまき散らす。袋が小さいものは、すぐに爆発する。大きいものは、めったに爆発しないが、破れたときは大変なことになるので要注意。

◎ホラッパタケ

食べると、デタラメなことを言いふらしたくなる。別名ウソコキタケ。

四月一日のエイプリルフールは、このキノコを食べた人たちであふれかえる。

いきなりはじまった朝読みタイム。

ライスおばさんが〈オナラブリタケ〉にふくまれる毒の説明文や、〈ハナゲエノキ〉をぬく方法をまじめに読みあげたのでウケた。大之進はというと、ルーペをにぎりしめて絵本を見ている。「全部うそのキノコだよ」とこっそり教えたら、大之進は「キノコのギャグ」と言った。なぁんだ、ちゃんとわかってたのか。

「おーしまいっ！」

ライスおばさんは裏表紙をとじると、かばんに絵本をしまった。

「コケ博士の三丸君、またね。コースケ君は、ひだまり図書館に行くなら、いっしょに行こう」

ぼくは、大之進にバイバイして坂道を歩きだした。ライスおばさんがハンドタオルで汗をふきながら、ぼくをじろじろ見た。

「コースケ君、やけたねえ」

「海に行きました」

「へえ～、いいねえ。ところで、どうしてひだまり図書館へ？　おうちはこのへん？」

「いえ、ちがいます」

ぼくは、ふれあい植物センターが休館日だったことと、読書貯金のことを話した。

ライスおばさんは、息をフウフウ切らしながら言った。

「読書貯金がゼロ？　だったら、いい方法があるよ。百冊なんてあっというまだよ」

「ほんとに？」

「明日、あたしの手伝いをしてくれるなら、教えてあげてもいいよ」

「はい、やります！　なんでもやりますから、教えてください！」

10 ライスおばさんのアシスタントになる

直射日光の頭突きを食らいながら坂をのぼると、白いサイコロを積みかさねたような建物が見えてきた。

「ここが、ふらっとプラザ。地域の人たちの文化施設だよ」

ぼくは、ライスおばさんのあとにくっついて建物に入った。エスカレーターで三階に上がると、ガラスばりの壁の向こうに本棚が見えた。ひだまり図書館だ。

貸し出しカウンターのまえを通ろうとしたら、スタッフの若い女の人が親しげにライスおばさんに声をかけてきた。

「米子さん、こんにちは。今日もすてきなファッションですね」

「フフフ。おはなし会のとき、ちびっこたちが『スイカだ!』ってよろこんでくれるの。この服を着て絵本を読むと、子どもたちの目がバーッとこっちに向いて、集中力がぜんぜんちがうのよ」

なるほど、ライスおばさんの格好には、そういう効果があったのか。

「今日はお孫さんといっしょですか」

「ううん。この子は、あたしのアシスタントのコースケ君。空池小の五年生よ」

「あら、そうだったんですね。米子さんの『どんぶらファイター、ウェ～オ、ウェ～オ♪』が聞けたなんて、あなたはラッキーね」

あのラップがラッキー？　返事に困ったぼくは、笑ってごまかした。

「コースケ君、行くよ」

「あっ、はい」

通路を進んでいくと、児童書コーナーが見えてきた。ライスおばさんは、小学生用の本棚を通りすぎて、木の形にくりぬかれた入り口のほうに向かった。

……なんか、いやな予感。あっというまに読める本って、絵本じゃないよね。と思っていたら、ライスおばさんは入り口のまえで立ちどまって両手をひろげた。

「ようこそ、『おはなしの森』へ！　さあ、絵本を読んで、読書貯金をじゃんじゃん貯めなさい」

「…………」

「どうした？　百冊読んだら、メダルがもらえるんでしょ」

「ぼく、五年生だし……」

「まあいいから、一行感想はこの紙に書いて、家に帰ってから読書貯金に書きうつしなさい。明日の手伝いのためにも、読んでもらわないとね。チャオ！」

結局、おしきられてしまった。しょうがない、やってみるか。

ぼくは、紙とボールペンをにぎりしめて、おはなしの森に入った。一段高くなった床の手前でくつをぬいであがると、本棚にかこまれた室内で三組の親子が絵本を読んでいた。

ぼくは、入り口に近い本棚のまえであぐらをかいて、適当に絵本を取りだした。

……『にんじんばたけのパピプペポ』。これ、お母さんがよく読んでくれた絵本だ。小さいころは、二十匹の子ブタの名前に笑いころげたけど、読みかえしたら「べつに」って感じだった。

気になったのは、子ブタたちが畑を耕すときにうたう歌の歌詞だ。お母さんは、そのページが来るとノリノリでうたっていたけど、楽譜はどこにも書いてない。どうやら勝手にメロディーをつけてうたっていたようだ。でも、あの歌は悪くなかったなと、どうでもいいことに感心しながら本棚に絵本をもどした。

ぼくは、手当たりしだいに絵本を読んだ。けっこう楽しくて、ライスおばさんからもらった紙に、題名と短い感想を書いたリストがどんどん長くなっていった。この調子なら、百冊なんて余裕だ。でも、それでメダルをもらうのも、なんだかなあ。みんなからズルいって言われそう。

四十冊目の絵本を読みおえたところで、おはなしの森を出た。児童書コーナーで人気シリーズの本をぬきとって閲覧室に行くと、お年寄りや高校生が新聞を読んだり、勉強したりしていた。

絵本コーナーからやってきたぼくは、急に大人になったような、ここにいるのが場違いのような、なんとも言えない気分になった。パラパラッと本に目を通して閲覧室を出ると、ライスおばさんに会った。

「コースケ君！　どこに行ったかと思ったよ。絵本は読めた？」

「はい」

ぼくは、ライスおばさんに紙を見せた。

「ほお〜、たくさん読んだねえ。あたしの優秀なアシスタントになれそうだね」

アシスタント？　そうだ、読書貯金の宿題をはやくおわらせる方法を教えてもらうかわりに、ライスおばさんの手伝いをする約束をしたんだった。

「明日の手伝いって、何をすればいいんですか」

「それは、来てからのお楽しみ。明日の九時に、ふらっとプラザのまえで待ちあわせだよ」


翌朝、ふれあい植物センターのひとつまえの停留所で降りると、セミの鳴き声に背中をおされるようにして坂道をのぼった。

ふらっとプラザが見えてくると、塀のそばに見覚えのある女子がいた。野口真雪。あやと同じく五年生になって、はじめて同じクラスになった子だ。

目が合うと、たがいに「あ」と言ったきりだまった。真雪から距離をおいて待っていたら、ライスおばさんがふらっとプラザから出てきた。紅白のしましまTシャツにエプロンをした、三つ編みの女の子もいる。

「おはよー。おまたせさん。さあ、二人ともついておいで」

二人？　ぼくは、真雪を見た。真雪もぼくを見ている。

ライスおばさんと女の子は、本をのせたカートをおしながら建物の脇道に入っていった。ふらっとプラザの反対側に出ると、保育園の入り口があって、おばさんがニコニコしながら待っていた。

「こんにちは。ひだまり保育園の園長の鈴木です。さあ、どうぞどうぞ。なかに入ってちょうだい」

ぼくたちは、なんで保育園につれてこられたのかわからないまま、ナゾの歓迎を受けた。スリッパにはきかえて遊戯室に案内されると、園児たちが紙で作ったケーキやかばんをテーブルにならべていた。

「もしかして、おみせやさんごっこ？」

真雪がつぶやくと、ライスおばさんが「あたり」と言った。

「真雪ちゃんとコースケ君は、本屋さんの店員になってちょうだい。店長は、この子だよ」

三つ編みの女の子は、ぼくたちに向かって元気にあいさつした。

「山田珊瑚（さんご）です。よろしくおねがいします！」

鈴木園長の話によると、おみせやさんごっこはおとまり会とならぶ夏の人気イベントらしい。年長の子たちが、お店のアイデアから商品作りまで全部手がけるという。

今回の出店は、八つ。個人（こじん）商店は二つで、そのうちのひとつが手作り絵本を売る珊瑚ちゃんの「エルマー書店」だった。

エルマー書店のテーブルには、三種類の絵本を十部ずつコピーしたものがならんでいた。真雪がその絵本の題名を読みあげた。

「『まじょのミレド』、『ミレドのまほうのかさ』、『ミレドとおばけねこ』……。絵もお話も珊瑚ちゃんが考えたの？」

「うん。珊瑚は、もっとたくさんお話を作れるけど、『エルマーのぼうけん』が三つのお話だから、珊瑚も三つにしたの」

「そういうわけで、真雪ちゃんとコースケくん。あとは店長さんの指示（しじ）にしたがってバリバリ働いてちょうだいね。チャオ！」

あれっ、おばさんのアシスタントじゃないの？

遊戯室を出ていくライスおばさんを目で追いかけていたら、「店員さん！」とよばれた。珊瑚ちゃんは、カートで運んできた図書館の絵本を指して、自分の作品のまわりにならべるように言った。どうやら本物の本屋さんらしく見せたいようだ。

ぼくと真雪が作業に取りかかると、エルマー書店のとなりの「カバのかばんや」から、体の大きな男の子がやってきた。

「おい、珊瑚。自分で作ったものじゃないと、売っちゃいけないんだぞ」

「知ってるもん。この絵本は、お店の飾りだもん。ジンはあっち行って！」

ぼくは、すごすごと自分の店に引きかえしていくジンを見て、「珊瑚ちゃん、すげえ」と思った。絵本を三冊も作ったうえに、一人で店を切り盛りするとは……。読書貯金と読書感想文で苦労しているぼくとは大ちがいだ。

準備が整うと、年長さんたちがカウントダウンをはじめた。「ゼロ」になったそのとき、遊戯室に小さな子たちがなだれこんできた。

11 想定外の読み聞かせ

「いらっしゃい、いらっしゃい。『おかしカフェ』のケーキは、いかがですかー」

「かわいいブローチはいかがですかー。はやくしないと、売りきれちゃいますよー」

大きな窓から光がたっぷりとさしこむ遊戯室に、小さな店員たちの声かけがこだまする。店員よりもさらに小さな園児たちが、色画用紙で作ったポシェットをななめがけにして、店から店へと品定めしながら練りあるいている。

一番人気は、「ながれぼしアクセサリーショップ」と「たたかいアイテムストア」だ。遊戯室の隅で、男の子たちが買ったばかりの新聞紙の剣をふりまわしている。

個人商店では、小石に乗り物の絵を描いた「いしのカーショップ」が売れ行き好調で、人だかりができている。

もうひとつの個人商店、エルマー書店の人気は、いまひとつだ。手作り絵本がまだ一冊も売れてない。ぼくが気をきかせてお客さんに声をかけたら、珊瑚ちゃんにシーッと注意された。

「でも、宣伝しないと、店長の絵本が売れ残っちゃうよ」

「本屋さんは、大声で本を売ったりしないもん。店員さんは、静かにね」

どこまでもリアルを追求する珊瑚ちゃんに、ぼくはすごすごと引きさがるしかなかった。

「あっ、本屋さんだ」

ツインテールの女の子が、店のまえで足をとめた。珊瑚ちゃんの目がきらりと光る。

「お客様、おすすめはこちらの絵本、『まじょのミレド』です。魔法使いの子どものお話で、とてもおもしろいですよ。今なら三冊いっぺんに買うと、スペシャルプレゼントがついてきます」

珊瑚ちゃんが星型のキラキラしたバッジを見せると、女の子の顔がぱっと明るくなった。慣れない手つきでポシェットから黄色い紙のお金を取りだして、絵本と交換した。

「お買い上げありがとうございました！」

絵本をセットで売るなんて、めっちゃ商売上手だ。特典つきの絵本セットに、園児たちが財布のひもをゆるめはじめた。珊瑚ちゃんは、はりきって手作り絵本を売りさばいていく。

「あっ、それはだめだよ」

真雪がディスプレイ用の絵本をつかんだ男の子に声をかけた。

「そっちは売り物じゃないから。ごめんね」

別のお客さんの相手をしていた珊瑚ちゃんは、本が売れて気持ちが大きくなったのか、「それも売っていいよ。水色のお金、一枚ね」と真雪に言った。

「電車が好きなの？」

「うん」

「だったら、この絵本もおもしろいよ」

真雪がタマネギをのせた貨物列車の絵本を男の子にわたすと、ほかの子たちも「恐竜の本は？」「ネコは？」とおすすめの本を聞いてきた。

ぼくは、園児たちの相手をしている真雪を見て、絵本にくわしいんだなと思った。

ライスおばさんは、こうなることを見通していたから、ぼくに絵本を読んでおくように言ったのかも……。

しばらくして店じまいをする店がぽつぽつ出てきた。珊瑚ちゃんは、手作り絵本を売りきると、真雪といっしょに図書館のラベルがついたディスプレイ用の絵本を売りはじめた。

ぼくがカートにおいてあった残りの絵本をテーブルにならべていたら、小さな女の子が『にんじんばたけのパピプペポ』を見て、「ヒナ、ニンジンきらい」と顔をしかめた。

「これ、読んだことあるの？」

「ううん」

「それって食わずぎらいっていうか、読まずぎらいだよ。読んだら、ニンジンが好きになるよ。ぼくがそうだった」

「お兄ちゃん、読んで」

「えっ、ぼくが？」

そのとき、カバのかばんやのジンがやってきた。

「あー、いけないいんだ。店の飾りって言ったくせに、絵本を売ってるぅ」

「だって、お客さんが買いたいって言ったんだもん」

「じゃあ、ここにあるのは全部売れてない本だ。珊瑚の店は、かたづけビリッケツ！」

「ジンのお店だって……」

珊瑚ちゃんは、となりのテーブルを見て口をつぐんだ。残っていたのは、画用紙で作った手さげかばんがひとつだけ。見ているそばで売れていった。

珊瑚ちゃんがうらめしそうにぼくを見た。「テーブルに絵本をならべるなんて、よけいなことをしてくれたわね」と目が言っている。そそくさと絵本をカートにもどそうとしたら、女の子が「読んで」とぼくのTシャツを引っぱった。

ヤバい、めんどうなことになったぞ。

ぼくがあせっているそばで、ジンは「ビリッケツ、ビリッケツ」とはやしたて、珊瑚ちゃんは大きな目に涙を浮かべ、女の子はちぎれそうな勢いでぼくのTシャツを引っぱっている。

「わかったよ。読みます。『にんじんばたけのパピプペポ』」

ぼくは、絵本の表紙を開いた。はずかしいけど、やるしかない。

「むかし、草ぼうぼうの荒れた原っぱのはじに……、き、きたない小屋がありました」

絵本を持ちながら読むのって読みづらい。氷の上に裸足で立っているみたいに足がふるえる。

「その小屋に、親ぶたと二十匹のこぶたが住んでいました。こぶたのなまえは、パタ、ピタ、プタ、ペタ、ポタ、バコ、ビコ、ブコ、ベコ……」

二十匹の子ブタの名前を一気に読みあげると、笑い声があがった。小さいころのぼくが好きだったところでウケた！

そこからは、自転車で丘を下っていくみたいにスイスイ読めた。歌詞のところを、お母さんが作ったメロディーでうたってみせると、ますますウケた。

「これでおしまいです」

裏表紙をとじると、拍手が起きた。ニンジンぎらいの女の子、珊瑚ちゃん、ジン、真雪、鈴木園長や先生たちまで手をたたいている。

「それ、ください」

女の子がポシェットを開いた。ぼくは、水色のお金を一枚もらって、深々と頭を下げた。

「お買い上げありがとうございました！」

かたづけがおわったとき、頃合いを見計らったようにライスおばさんがもどってきた。ぼくと真雪は、珊瑚ちゃんたちに手をふって別れて、ふらっとプラザのなかにあるカフェに行った。お手伝いのごほうびに、ライスおばさんがランチをごちそうしてくれるという。

「コースケ君、絵本の読み聞かせをしたんだって？」

窓ぎわのカウンター席で、ライスおばさんがアイスコーヒーにガムシロップをまぜながら聞いてきた。ぼくは、冷やし中華の麺をすすりながらうなずいた。

「どうだった？」

「ちょっと緊張しました」

というのはウソ。めっちゃ緊張した。調子に乗って歌までうたったけど、あれでウケなかったら冷や汗タラタラだった。

読み聞かせって、むずかしい。同じ絵本でも、目で読むのと声に出して読むのとではちがうみたい。子ブタの名前を声に出したら、言葉遊びみたいで楽しかった。

「へえ～。でも、おかしなことじゃないよ。朝読みのお母さんたちだって、緊張するんだから。コースケ君のお母さんもね」

「そうかなあ」

「そうだよ。人前で読むんだもの、そりゃあ緊張するし、はずかしいさ」

「……聞いてるぼくだって、はずかしいよ」

「ハハッ、そうかそうか。あたしの息子も同じことを言っていたよ。今じゃ、そんじょそこらのことでは動じない子に育ったけどね」

ライスおばさんは、アイスコーヒーを飲みほすと、つぎの仕事に向かうため、先に店を出た。ぼくは、ライスおばさんの子どもに同情しながら冷やし中華をたいらげた。ランチセットについていたミニケーキに手をつけようとしたら、となりから声がした。

「コースケ君は、お母さんが朝読みするのがはずかしいの?」

ぼくは、首をねじって真雪を見た。まっすぐな目。長いまつげが目に陰を作っていて、さびしそうに見える。ぼくは、「そりゃあ、まあ……」と言って、ミニケーキをまる飲みした。

「わたし、コースケ君に言わないといけないことがあるの。アンケートの結果を書きかえたの、わたしなんだ」

一瞬なんのことだかわからず、思いだしたとたん、ぼくは「学級新聞！」と声をあげた。

「〈どっちもいらない〉から〈読み聞かせ〉に変えたの、わたしなの」

真雪は、フォークの先でナポリタンの麵をいじりながら、事情を話した。

「二月に弟が生まれたんだ。お母さんは弟のお世話と、お父さんの印刷所の仕事でいそがしいから、わたしが妹の面倒をみてたの。五年生がはじまって、お母さん、健康記録カードと登校ルートの紙を書きわすれた。朝読みボランティアの募集の紙をわたしたときは、読まずに捨てた。それでなんかイラッとして、『お母さんは、読み聞かせ一度もやったことないんだから、やってよ』って言ったら、『いいよ』って。でも、当番の日に来なかった」

「当番って、ぼくのお母さんが朝読みしたつぎの週の？」

「……うん」

朝読みをしないで引きかえしたのは、真雪のお母さんだったのか。

「『今日は自主読書です』とか『今日は朝読みです』とか黒板にはってあるのを見る

と、いやな気持ちになった。わたし、朝読みタイムがいやだったの。それで〈どっちもいらない〉に丸をつけた」

真雪は、グラスの水を一口飲んでからつづけた。

「あのアンケートが配られた日、妹が図書館に行きたいって言うからつれていった。それなのに、本を読まずにふざけてるから、帰ろうとしたら泣きだして……。そのとき、ライスおばさんが来て、妹の機嫌を直してくれた。わたしの話も聞いてくれて、『これをお母さんに読んで聞かせてごらん』って絵本をかしてくれたの。言われたとおりにしたら、お母さんが朝読みに来たからびっくりした」

「真雪のお母さんが読んだ本って、カエルとウサギの話？」

真雪はうなずいて、「勝手に書きかえてごめんね」と言った。そうめんの束みたいなうしろでひとつに結わえた真雪の髪が動く。そういえば真雪のお母さんも同じ髪型だったっけ。

「べつにいいけど……。つーか、なんでライスおばさんが図書館にいたの？　タイミングよすぎ！」

ぼくがそう言うと、真雪は笑ってナポリタンをほおばった。

その夜、ぼくは、お母さんにアシスタントの任務がうまくいったことをクールに報告をした。ほめられて気分がよくなったぼくは、つい、あれこれ話してしまった。

「野口真雪って子も、いっしょに手伝ったんだ」

ギョーザの皮にタネをつつんでいたお母さんは、手をとめてぼくを見つめた。

「読み聞かせしないで帰ったお母さんの子どもだよ。あのお母さん、夏休みのまえにまた来て、そのときは読み聞かせしてくれた。真雪がライスおばさんから借りた絵本をお母さんに読んであげたのが効いたみたい」

お母さんの手がリズミカルに動きだした。ギョウザの皮をスカートのひだのように折りながら、やさしい声で言った。

「真雪ちゃんのお母さんは、赤ちゃんを産んだあと、体調をくずしたそうよ。真雪ちゃんとの約束を果たせて、お母さんもほっとしたんじゃないかな」

「真雪もほっとしてたよ」

そうじゃなかったら、学級新聞のアンケート結果を書きかえたりしなかったと思う。でも、このことはお母さんには言わない。だれにも言わないとぼくはきめた。

「そう。それはよかった。まさに『読み聞かせは、ごはん一膳分にはならないけど、心の栄養の一粒になる』だね。さすがメイコさん」

ぼくは、うなずくかわりにギョーザの皮を一枚つかんだ。見よう見まねでタネをのせてヒダを作りながら、「ライスおばさんの世話焼きっぷりは、ハンパないな」と思った。これまでどれだけ人を助けてきたんだろう。ぼくの知らないライスおばさんの世話焼きエピソード、まだまだたくさんありそうだ。

「ところで、真雪ちゃんがメイコさんから借りた絵本って何かしら。ちょっと気になるわね」

「『マシュマロまちこさん』って言ってた」

「ああ、あれね。その本なら、うちにもあるわよ」

夕食後、ぼくはリビングの本棚にあったその絵本を読んだ。

『マシュマロまちこさん』

作・ひるまもとか

マシュマロまちこさんのことなら、なんでも知っている。

それが赤い馬の置き物、スヴェンとエーノスの自慢です。なぜ、なんでも知っているのかというと、二十歳のまちこさんにスウェーデンの蚤の市で見初められてから、ずっといっしょに暮らしてきたからです。

ひとり暮らしの大学生だったマシュマロまちこさんは、今ではふたごの男の子のお母さんです。

男の子たちは、やんちゃざかり。パパさんは、毎晩おそくまで働いています。

今朝は、パパさんがよそ見して、アイロンをかけたばかりのシャツにケチャップをこぼしました。おまけに、男の子たちは、コップでぶくぶく遊んで、テーブルにミルクの池を作りました。

マシュマロまちこさんのふっくらした白いほっぺは、みるみる赤くなって、熱した鉄のようになりました。

「あっ、ママがおこった」

「ママは、一日中おこってる。ぷんぷん女王さまのお通りだ」

一日中なんて言うけれど、そうではないことをスヴェンとエーノスは知っています。

ひとりでいるとき、マシュマロまちこさんはほほえみます。

スヴェンが「なにがおかしいのかな」とつぶやくと、エーノスはこう言いました。

「きっと、カレンダーのフェブラリーの文字が、ラズベリーに見えたのさ」

本を読んでいるとき、マシュマロまちこさんはしずかに泣きます。

スヴェンが「かなしいお話だったのかな」とつぶやくと、エーノスはこう言いました。

「きっと、胸につまっていたものを、お話がそっと背中をおして、はきださせてくれたのさ」

窓から空を見つめているとき、マシュマロまちこさんは遠い目をします。

スヴェンが「晩ごはんの献立が思いつかないのかな」とつぶやくと、エーノスはこう言いました。

「きっと、旅先で出会った風景をつなげて、思い出のパッチワークを作っているのさ」

とびらの向こうからにぎやかな声がしました。男の子たちが公園から帰ってきたようです。

「ただいま！　ぼく、自転車に乗れるようになったよ！」

「ぼくも！　ママ、見て見て！」

二日に一度、「ひとりになりたい」とため息をこぼし、五日に一度、「これでいい」と迷いを断つ。

メリーゴーランドの馬に乗ったように心模様が変わるマシュマロまちこさんですが、落馬する心配はありません。なぜなら、スヴェンとエーノスは、「幸せを運ぶ馬」といわれていますから。

マシュマロまちこさんは、二頭の馬に見守られながら玄関に走っていきました。

12 ライスおばさん、空を飛ぶ

夏休みの最後の五日間は、宿題浸けだった。読書貯金プリントは、三枚目までいった。六十冊読んだうちの四十冊が絵本。手ぬきをしたと思われないように一行感想の文章を工夫して書いた。

すがすがしい気持ちでむかえた二学期。ぼくは、窓ぎわの一番うしろの席になった。係決めもあって、図書係になった。メンバーは、巧巳と青葉と真雪だ。

係ごとに分かれて、メンバー紹介と活動内容について紙にまとめていたとき、真雪に「『マシュマロまちこさん』、ぼくのうちにもあったよ」と言ったら、巧巳と青葉が「何それ？」「新しいおかし？」と聞いてきた。

しまった、と思ってだまっていると、真雪が「絵本だよ」と答えた。そして、学級新聞のアンケート結果を書きかえたいきさつを自分の口から明かした。真相を知った二人は、ちょっとびっくりしてたけど、わかってくれた。

「ママが言ってたんだけど、朝読みボランティアのメンバーがふえたんだって。でも、来週は全員都合が悪いから、ライスおばさんが来るって」

青葉からの最新情報に、真雪はうれしそうな顔をした。

「ライスおばさんって、うちのクラスの朝読み専門家みたい。どんなお話を読んでくれるのかな。楽しみ」

「たぶんヘンテコな話だよ。『大きなもも』とか」

巧巳がそう言うと、青葉が「え〜、またぁ?」と笑った。

来週の朝読みタイムは、紙芝居かな、それとも絵本かな。どんな話なんだろう。

ところが週明けの月曜日、朝読みタイムは中止になった。

事件が起きたその日、学校に行くと、教室のまえの廊下に夏休みの自由研究が展示してあった。

五年生の作品を見ていたら、正宣がぼくと巧巳のあいだに割りこんできて、「おい、これ見ろよ」と大之進の自由帳をめくって見せた。

「『コケの研究』って書いてあるけど、全部同じ絵じゃね？　もっとヤバいのが、これ」

正宣は、最後のページを開いて文章を読みあげた。

「ナンジャゴケ。このコケを食べると、『これはナンジャ？』と質問したくなる。ハチマキゴケ。このコケをおでこにあてると、汗を吸いとり、おどるようにひろがってハチマキになる、だってさ。こんなコケ、あるわけねーし」

ぼくは、夏休みのことを思いだした。古い家のまえで、突然はじまったライスおばさんの読み聞かせ。「雨上がりはコケがおどる」と言った大之進に、ライスおばさんは「『おどる』なんて、すてきな表現だね」と感心していた。

「べつにヤバくないよ。ナンジャゴケは、ジャゴケをもじったんだ。ハチマキゴケは、ハマキゴケ」

ニヤついている正宣にそう言うと、正宣は「うそこけ」と言い、礼央は「今のダジャレ？」とつっこみ、巧巳は「コースケ、コケにくわしいんだね」と、それぞれが思っていることを口に出した。

「本物のキノコをネタにした絵本があって、ダイノはそれをまねしたんだよ。題名は、えーと……、『マージカル男爵のふしぎなキノコ図鑑』！」

説明しても、正宣はまだニヤニヤしていた。ぼくは、「だーかーらぁ」と強く言った。

「ダイノは、コケのことをわかってて、最後にギャグでまとめたの。おまけみたいなものだよ」

「でも、ぜんぜんおもしろくねーし」

「うそだ、笑ってたじゃん。ダイノの自由研究をコケにするな」

「えっ、今のダジャレ？　タナカラアゲ、うざっ」

正宣は、大之進の自由帳をまるめてメガホンがわりにして、「うざっ、うざっ」と言いながらぼくにつめよった。

「コースケ、ほっとけ」

「行こうぜ」

礼央と巧巳といっしょに教室に入ろうとしたら、だれかにぶつかった。

「あっ、ダイノ……」

大之進は、ぼくたちをかきわけて正宣から自由帳をうばいとると、胸をつきとばした。

「おい、何すんだよ！」

正宣が大之進の足を蹴った。大之進はよろけると、急に向きを変えて教室に入っていった。

「おい待て、コケ之進！」

正宣は、通せんぼしたぼくの腕をはらって、大之進を追いかけた。戸口の手前で急に立ちどまる。

大之進がだれかの机を持って、廊下に出てきた。大之進と正宣のあいだに立っていたぼくは、あわてて壁際にへばりついた。大之進は、正宣に狙いをさだめると、机を逆さに持ちあげた。机のなかから整理箱が落ちてきて、色鉛筆やハサミがハデな音を立てて床に散らばった。巧巳が「ちょっ！　それ、おれの机！」とさけんだけど、だれも聞いていない。

「わわっ、やめろ！」

「ダイノ、落ちつけ！」

女子たちが悲鳴をあげた。腰をぬかした正宣は、真っ青な顔をしてずるずるとうしろに下がり、展示台にぶつかると、腕で顔をガードした。

大之進が正宣だけを見つめて、一歩、また一歩と近づいていったそのとき、「こらっ！」と声がした。

「あんたたち、何してんの！　大之進君、机をおろしなさーい！」

ライスおばさんが、廊下の先に立っていた。大声をはりあげながらドタドタと走ってきて、プールに飛びこむように両腕をのばした。

「ライスおばさんが飛んだ！」

と思ったら、落ちた。ライスおばさんは、大之進の足元にすべりこむと、そのまま動かなくなった。

13　米粟米子が〈ライスおばさん〉になったとき

昼休みに学級文庫の入れ替えのため、教室にあった本を図書室に運んだ。

夏休み中にワックスがけをした廊下はピカピカで、歩くとキュッキュッと音がした。

「あっ、木が折れてる」

まえを歩いていた青葉が窓のところで立ちどまった。中庭のケヤキの幹が折れて、枝や葉が地面に散らばっている。

「昨日の台風のせいだ」と巧巳。

「すごい威力だね」とぼく。

「……ライスおばさん、足、だいじょうぶかな」

真雪が心配すると、巧巳は肩をすくめた。

「ライスおばさん、床と平行に飛んだぜ。空飛ぶドラム缶だよ」

「へんなおばさんだったけど、悪い人じゃなかったよね」

「ちょっとコースケ。死んだみたいに言わないでよ。ちゃんと生きてるんだから」

そう。青葉が言うとおり、ライスおばさんは生きている。

あの日、ライスおばさんは救急車で病院に運ばれた。命には問題がなかったけど、足を骨折して入院することになった。全治三か月。正宣と大之進は、迫田先生にこっぴどく注意された。

事件から一週間後の今日、ヘンリクのお母さんが英語の本を読んでくれた。読み聞かせのあいだ、ぼくたちがまじめに聞いているか、迫田先生が教室のうしろで目を光らせていた。

「うちのママが言ってたけど、ライスおばさん、あの日読み聞かせができなくてがっかりしてたんだって。わたしもライスおばさんの朝読み、聞きたかったたな」

巧巳はフッと息をはきだし、青葉に向かって言った。

「ライスおばさんが朝読みに来るのがふつうみたいになってるけど、それ、ちがうから。だって、ライスおばさんは助っ人だろ」

「巧巳って頭いいけど、たまに空気読めないときがあるよね」

青葉は、くるりと向きを変えて窓からはなれた。長い髪をなびかせながら歩く青葉のあとを真雪がついていく。

「……なんだよ」

ぼくのとなりで、巧巳は床に八つ当たりするみたいに、わざとキュッキュッと音をたてながら図書室に向かった。

九月は月曜日が休みの日が多くて、朝読みタイムがあったのは二回だけだった。

十月も二回。ボランティアの人たちは、ライスおばさんの思いを受けついで読み聞かせをしてくれた。健斗のお母さんは、「はじめてなのでお手柔らかに」と言って、宇宙の本を読んでくれた。

声がふるえていた。ライスおばさんもはじめは緊張して、こんな小さな声だったのかな。どうして学校で読み聞かせをするようになったんだろう。

ナゾがとけたのは、三日後のことだった。

十月最後の日。

町内のハロウィーンイベントに参加するため、ぼくはトレーナーの上にオレンジ色の羽織をはおって、裸足に下駄をはいた。いちおう、人気マンガのキャラクターに仮装したつもり。五年生なので全身コスプレできめたりしない。

家を出てすぐ、足の親指と人差し指のあいだに痛みを感じた。でも、下に行くエレベーターがちょうど来たときだったので、そのまま飛びのった。

あとから思いかえせば、これが運命の分かれ道だった。くつにはきかえていたら、そのあとのことは起きなかったのだから。

ぼくは、仮装した子どもたちでにぎわう公園で、赤いリボンつきの麦わら帽子をかぶった礼央と、白衣に聴診器をぶらさげた巧巳を見つけた。

「先に商店街から行こうぜ」

おかしをもらえる場所がわかる地図を持って、町を練りあるいた。地図の絵と同じおばけカボチャの風船をつるしているお店に入って、「トリック・オア・トリート！」とさけんで、店員さんからクッキーやチョコレートをもらった。虫歯になりやすいぼくも、その日は食べ放題だった。

五軒くらいまわったところで、がまんできないくらい足が痛くなってきた。下駄をぬいだら、指のあいだの皮がすりむけて、白い鼻緒に血がにじんでいた。

ぼくは、くつにはきかえてくると言って、ダッシュで家に帰った。

商店街にもどると、巧巳も礼央もいなかった。住宅街のはずれにある、豪華なおかしの袋詰めを用意している家にも行ってみたけど、そこにもいなかった。

ひとりでとぼとぼ歩いていたら、仕事帰りのお母さんに会った。

「あれっ、礼央君たちといっしょじゃなかったの？」

「…………」

「コースケ、どうしたの」

「はぐれたんだよ！」

日が暮れてきた住宅街で、足の痛みをこらえながら二人をさがした。

「スマホがあれば、巧巳たちとすぐに会えたのに。マジ最悪……」

お母さんに当たりちらしていたら、上品な笑い声が聞こえてきた。道の真向かいで、魔女みたいな黒い帽子をかぶったおばあさんが、若い男の人としゃべっている。

「メイコさんに『お大事に』と伝えてね。読み聞かせの会は、いずれまた」

「はい、沢村さんもお元気で」

メイコさん？　「読み聞かせ」だって？

ぼくは、お母さんを見た。お母さんもおどろいていた。ぼくたちは、おばけカボチャの風船をつるしたその家に吸いよせられるように道をわたった。

「あなた、すてきな羽織を着ているわね。はい、どうぞ」

ぼくは、おばあさんが持っていたカゴのなかから、小袋に入ったチョコをもらった。

「遠慮しないでいいのよ。ここまで来る子はあまりいないから」

お言葉にあまえて両手で小袋をわしづかみにしたら、お母さんが肘でぼくをつついた。

「すいません、うちの子、食い意地がはっていて。……失礼ですが、メイコさんって、米粟米子さんのことでしょうか」

「ええ、そうよ。こちらは、メイコさんの息子さん」

「えっ！」

「はじまして。米粟ケイです」

ケイさんは、さわやかな笑顔を浮かべてあいさつした。背が高くて、ラグビー選手みたいながっしりとした体つきだった。

「ケイ君は、今朝、アメリカから帰国したばかりなの。疲れているでしょうに、わざわざメイコさんに貸していた本を持ってきてくれたのよ」

「まあ、そうだったんですか。うちの息子、コースケっていうんですけど、空池小の五年生で、メイコさんに朝の読み聞かせをしていただいていたんです」

おばあさんは、いたずらっ子みたいに微笑んで、ぼくの目をのぞきこんだ。

「メイコさんが教室に来るということは、さては、何かあったわね」

「なんでわかったんですか⁉」

「そりゃあ、わかるわよ。ねえ、ケイ君？」

「ええ。母が読み聞かせのサポートをはじめたのは、ぼくのクラスのトラブルがきっかけですから。ぼくは、空池小の卒業生。きみの先輩だよ」

　沢村さんというおばあさんは、図書館の元司書さんだった。ライスおばさんが若いころ、人形劇団のメンバーの一員として図書館で公演したときに知りあったそうだ。

「二十年ほどまえ、メイコさんがナオミさんという女性をつれて図書館に来たの。『高学年向けの読み聞かせで、おすすめの本を教えてくれないかしら』って言うから、絵本を紹介してあげたんだけど、ナオミさんはずっと浮かない顔をしていてね。どうしたのかたずねたら、『わたし、大変なことをしてしまいました。息子のクラスの読み聞かせの時間を台無しにしたんです』と言って泣きだしたのよ」

「台無し？」とお母さんが言った。沢村さんがうなずく。

「ナオミさん、読み聞かせの時間に『六法全書』を読んだの」

　なんだろう、ロッポーゼンショって？　お母さんに聞いたら、「日本の法律がのっている本」と教えてくれた。ケイさんが当時のことを話した。

「あの日のことは、よくおぼえています。朝読みタイムにタケシのお母さんが分厚い本を胸にだきかかえて教室に入ってきたんです。何を読んでいるのか、さっぱりわからなかったなあ。むずかしすぎて、お経を聞いているみたいでしたよ」

「ナオミさんからその話を聞いたときは、びっくりしちゃって。でも、彼女には理由があったの。息子のタケシ君が友達とけんかしたときに、『死ね』と言われたことにショックを受けたんですって。それで命を大切にしてほしいと思って、『六法全書』のなかの〈基本的人権の尊重〉のところをぬきだして読んだそうよ」

「タケがけんかを？　それは知らなかったな」とケイさんが神妙な顔で言った。

「気持ちは、わからなくもないけど、だからってそんな……」

お母さんが言葉をにごすと、沢村さんはうなずいた。

「そうなのよねえ。そこだけ切りとると、わが子かわいさで、なりふりかまわない人という印象だけど、よくよく話を聞いたら、ナオミさんは子どものころに絵本を読んでもらった記憶がなかったの。本人も、『小さいころから勉強ばかりで、弁護士の資格はとれたけれど、五年生の児童のために何を読めばいいのかわからなかった』と言っていたわ。そのころ、仕事がうまくいかず辞めて、心に余裕がなかったこともあるんでしょう。ともかく、あとで知った保護者から、『読み聞かせにそぐわない』『個人の意見発表の場に、都合よく使った』と苦情が出て、朝読みタイムは一時中止になったの」

　そのとき、朝読みボランティアのリーダーをしていたのが、ケイさんのお母さん。つまり、ライスおばさんだった。ナオミさんは、ボランティアをやめるつもりだったけど、事情を知ったライスおばさんに説得されて、思いとどまったのだそうだ。

　ケイさんは、腕を組んで遠くを見つめた。

「保護者のあいだでは、大問題だったのかもしれないけど、ぼくらはそこまで考えなかったなあ。朝読みタイムがなくなっても、タケのお母さんに台無しにされたとは思わなかった。むしろ、その状況を楽しみましたよ」

　ぼくが「どんなふうにですか」とたずねると、ケイさんはニヤリとした。

「自分たちで読み聞かせをすることにしたんだ。主人公の名前を先生の名前にかえて読んだり、算数の教科書をアナウンサー風に読んだり、やりたいようにやった」

「へえ〜、おもしろそう」

「はじめのうちはね。だんだんと悪ふざけがひどくなって、それにも飽きて、最後は先生にしかられておわった。一週間に一度でも、ぼくたちだけでつづけるのは大変だとわかったよ」

一方、ライスおばさんに誘われて図書館に行ったナオミさんは、沢村さんからすすめられた絵本を熱心に読んだ。図書館で定期的に行われるおはなし会にも足を運ぶようになり、表情も明るくなったという。

「朝読みタイムの再開がきまったとき、メイコさんは、ナオミさんにまたいっしょにやりましょうと言ったの。ためらうナオミさんに、『わたしが短いお話を読むから、あなたも何か読んで』って。そのためにメイコさんは、『大きなもも』という紙芝居を作ったのよ」

「あっ、知ってます！」

ぼくが声をあげると、沢村さんは「でしょうね」という目をして微笑んだ。

「朝読み当番の日にそなえて、ナオミさんは晴れの日用と雨の日用の二冊を用意したの。どちらも高学年の子によろこばれそうな絵本だったわよ」

「ナオミさんの読み聞かせは、うまくいったんですか」

お母さんが期待をこめてたずねると、沢村さんは帽子の下の髪を左右にゆらした。

「いいえ。タケシ君が猛反対したの。『二度と教室に来るな』と言われてしまってね。ナオミさんの再挑戦は叶わなかったのよ」

その後、ナオミさんとタケシ君は、お父さんの転勤で町をはなれた。沢村さんは、ライスおばさんに出番が消えた『大きなもも』の読み聞かせを図書館でやってもらった。それが好評で、ほかの図書館や児童施設から声がかかるようになったという。

「とりわけメイコさんがはりきるのが、読み手と聞き手をつなぐお手伝いよ。わたしは、寝たきりのお年寄りのための読み聞かせの会をはじめたんだけど、メイコさんはおうちの人がおじいさんやおばあさんに何か読んで聞かせたくなるように、まずやってみせるの。読む本は、読み手と聞き手のどちらにもよろこんでもらえるように、事前に取材してからきめるのよ。メイコさんの絵本選びのセンスは本当にすばらしいんだから」

お母さんがうなずいた。

「保護者会のときにポーランド人のお母さんが言ってました。彼女が通っている日本語教室の先生がメイコさんで、ポーランド語の巻き舌を活かした『おにぎりころりん』を朝読みタイムで読むようにおすすめされた、って」

「えっ、そうだったの？」とぼく。

「そうよ。真雪ちゃんのお母さんも、ライスおばさんに相談して、本をきめたそうよ」

ぼくは、ヘンリクのお母さんの鈴のような声を思いだした。真雪のお母さんが読んだカエルとウサギの話も。へえ〜、そういうことだったのか。

ケイさんが苦笑いした。

「うちの母は、根っからの世話焼きなんですよ。応援するふりをして、自分が一番元気をもらってるんです。だけど、あのハデな服はかんべんしてほしいなあ」

「あれは、メイコさんの変身コスチュームなのよ。はずかしがりやだから、人前に立つときはあの格好をすると、照れずに読めるんですって」

ライスおばさんがはずかしがりや？　新情報がつぎからつぎへと出てくる。まえにスイカみたいな格好をしたライスおばさんが、「この服を着て絵本を読むと、子どもたちの目がバーッとこっちに向いて、集中力がぜんぜんちがうのよ」と言ってたけど、あれも照れかくしのためだったのかな。

沢村さんにつづいて、お母さんがケイさんに言った。

「メイコさんのおかげで朝読みボランティアがふえて、感謝の気持ちでいっぱいなんです。それなのに、学校であんなことになって、本当にもうしわけなくて……」

「そう言ってもらえると、母もよろこびます。ところで、コースケ君たちは、どんなトラブルを起こしたの？」

「あー、いやぁ……」

ぼくは、笑ってごまかした。前髪をかきあげると、汗でぬれた髪のすきまに気持ちのいい風が入ってきた。

「コースケ！」

突然、紫色のアサガオが咲いたみたいな夜空に、ぼくの名前をよぶ声がした。一本道の先に二つの人影。巧巳と礼央が走ってきた。

「ずっとさがしてたんだぞ」と巧巳が息を切らしながら言った。

「コースケのぶんも、もらっておいた」と礼央がおかしの袋詰めをぼくの胸につきだした。

「こんなものでよかったら、あなたたちもどうぞ」

沢村さんがカゴをさしだすと、二人はなかに手をつっこんだ。

「巧巳くん。礼央くん。ごあいさつは？」とお母さん。

「トリック・オア・トリート！」

「そうじゃなくて。あなたたちのとなりにいる人は、ライスおばさんの息子さんよ」

巧巳と礼央がきょとんとした顔をすると、沢村さんはホッホーと上品に笑った。

14 朝ごはん作戦

　ハロウィーンイベントのあと、巧巳と礼央のお母さんもぼくたちに合流して、ファミレスに行った。

　食後に礼央のスマホで動画を見ていたら、となりのテーブルから笑い声がした。お母さんたちがフライドポテトをつまみながら、ものすごいスピードでおしゃべりしている。

　ぼくは、ナオミさんとタケシさんのことを考えた。

　ナオミさんの思いはわかったけど、ぼくがタケシさんだったら、同じように朝読みに来るのを断っていたと思う。ケイさんも、「母さんの読み聞かせ？　そりゃあ、はずかしかったよ。今では笑い話のネタにしてるけど」と言っていた。

　タケシさん、大人になって笑い話にしているかな。

ぼくにはわからない。でも、ライスおばさんがケイさんたちが卒業したあとも読み聞かせをつづけてきたことは知っている。『大きなもも』が入った赤いかばんをひっさげて、西へ東へ走りまわってきたんだ。でも、今は……。

ライスおばさん、元気かな。だれかのためにマグロみたいに動いていないとダメなおばさんが、ベッドの上でじっとしてなきゃいけないのは、つらいだろうな。

何かできないかな。

ぼくにできること。ぼくたちならできることって、なんだろう。

つぎの朝、巧巳と礼央がそろったところで、「あのさ……」と切りだした。

「ライスおばさん、病院でヒマしてると思うから、お見舞いに行こうよ。で、読み聞かせをしてあげるのはどうかな」

「病院はダメだよ。ほかの患者さんの迷惑になる」

巧巳が反対すると、礼央が「本を読んでるところを撮影して、その動画をユーチューブで配信すればよくね？」と言った。

「はい、アウト。マンガや本を読んでる動画をアップするのは、チョサクケンホー違反です」

「そんなのカンケーねー」

「いや、あるから」

「ライスおばさんに直接、動画を送れば問題ないし。動画編集のやり方ならプログラミング教室で教わったから、おれがやる。そのかわり、読み聞かせはやらない」

　礼央のアイデアに巧巳も乗り気になった。「ライスおばさんには秘密にして、びっくりさせよう。作戦名は、朝読みとライスをかけて、『朝ごはん作戦』だ！」と言ったので、ぼくと礼央は声を合わせて「だっさ！」と笑った。

　みんなに声をかけたら、その日のうちに朝ごはん作戦の参加者が十人を超えた。意外だったのは、大之進だ。いちおうって感じで聞いてみたら、大之進はうなずいた。

　読み聞かせの動画は、それぞれが撮影して礼央に送信することになった。ぼくは、スマホを持っていないので、礼央に撮ってもらった。

　一週間後、読み聞かせ動画がぼちぼち集まってきた。礼央は、それらを一本の動画につなげていった。完成した動画は、青葉のお母さんからライスおばさんに直接送られる予定だったけど、データが大きすぎるとか、ぼくにはよくわからない問題が出てきた。

そこで、ぼくのお母さんがケイさんに相談した。ぼくたちの計画を伝えると、アメリカのＩＴ企業で働いているケイさんは乗り気になって、ネット上で読み聞かせ動画の贈呈式をやったらどうかと提案してきた。もちろん大賛成だ。

お母さんはケイさんと連絡をとりながら、贈呈式の頃合いを見計らった。

十一月がすぎて、町がクリスマス気分で浮きあしだってきたころ、お母さんのスマホにいい知らせが届いた。

「コースケ、ライスおばさんが退院したって。贈呈式ができそうよ」

冬晴れの日曜日、朝ごはん作戦のメンバーの半分が、礼央のマンションに集まった。メンバーのお母さんや姉弟も来たから、クリスマスツリーが飾られたリビングは、ぎゅうぎゅう詰めのパーティー会場みたいになった。

贈呈式の開始時間が近づくと、テレビのまわりに人が集まってきた。壁かけの大型テレビに礼央のお父さんが操作しているパソコンの画面と同じ映像があらわれた。三つの小窓のそれぞれに、ぼくたち、ケイさん、退院したばかりのライスおばさんが映っている。

「みんなひさしぶり。元気そうだね。あたしは、病院の食事が口に合わなくて、痩せちゃって痩せちゃってもう大変」

「いや、母さんぜんぜん変わってないから。むしろ、巨大化……成長してるから」

日本にいるライスおばさんに、アメリカのケイさんがつっこんだのが妙におかしかった。ぼくたちは笑い、小さい子たちはキャッキャッと跳びはねた。落ちついたところで、巧巳が目でぼくに合図を送った。ぼくは、ライスおばさんに向かって、はじめの言葉を言った。

「ライスおばさん、退院おめでとうございます。これから、読み聞かせ動画の贈呈式をはじめます」

つぎに、編集係の礼央が動画について説明した。

「動画は、全部で十四本あるので、ライスおばさんが見たいときに見てください。今日は、全部の動画を短くつなぎあわせた予告編をお見せします。では、どうぞ！」

軽快な音楽にのって、大之進がテレビの大画面にあらわれると、ワーッともりあがった。

『コケの一生』という絵本を読んだ大之進につづいて、巧巳、青葉、乃々、凛凪、ヘンリク、真雪、天馬、健斗……と、総勢十四人の顔がテンポよく映しだされていく。ぼくも映っていた。『にんじんばたけのパピプペポ』の歌をうたっているところだ。

礼央がぼくのとなりで、マラカスをシャカシャカふっている。

動画は、この部屋で撮影した。家から持ってきた絵本をふつうに読んだら、どうもしっくりこなかったので、「♪にんじん　ばたけの　パッピプペポ〜」とうたったら、礼央が映画監督みたいに、「はいカット！　今の最高。もう一回やって」と言って、どこからかマラカスを持ってきて撮りなおしたのだった。

ライスおばさんは、にこにこしながら予告編を見ていた。動画がおわると、青葉がおわりの言葉を言った。

「予告編は以上です。ライスおばさんの足がはやくよくなるように祈っています」

「ありがとう。あとでゆっくり見させてもらうよ。チャオ！」

せっかちなライスおばさんが手をグーパーして別れをつげると、小窓のなかのケイ

さんがあわててとめた。

「待って！　まだおわりじゃないんだ。今日は、特別ゲストを招いてるんだよ。おーい、タケー」

ケイさんがよびかけると、大型テレビに小窓がひとつふえた。細長い顔にメガネをかけた男の人と、ライスおばさんを半分にけずったくらいのほっそりしたおばさんが映っている。

「みなさん、はじめまして。空池小の卒業生の宮内武です」

「えっ。タケシって、タケ君？」

「はい。ケイのお母さん、おひさしぶりです」

「じゃあ、となりにいるのは……」

「母です」

ライスおばさんがすっとんきょうな声をあげたら、ナオミさんは三日月みたいな目をして微笑んだ。

「お元気そうでよかったわ。今日は、みなさんとメイコさんのために心をこめて読みますね」

ナオミさんは、『急行「北極号」』という外国の絵本を読みはじめた。クリスマスイブの夜、少年がふしぎな汽車に乗って旅をする話だ。

ナオミさんの声は、やさしくて、おっとりしていた。ハロウィーンの日にナオミさんの話を聞いたぼくは、こわそうな人を想像（そうぞう）していたけど、イメージとぜんぜんちがっていた。

ふわっ、ふわっと雪がとけるように消えていくナオミさんの読み聞かせに耳をすませていたら、おへそのあたりがぽかぽかしてきた。ひだまりのなかにいるような、あたたかい気持ちが体じゅうにひろがっていく。

少年がサンタクロースからクリスマスプレゼントにもらった銀の鈴（すず）。

これまで聞いたことのないようなきれいな音って、どんな音なんだろう。

ナオミさんは、絵本をとじると、題名が英語で書かれた同じ表紙の絵本を見せて言った。

「今読んだ絵本は、この絵本を日本語に翻訳（ほんやく）したものです。メイコさん、おぼえているかしら」

「ええ、もちろん。あなたが引（ひ）っ越（こ）すときにその絵本をプレゼントしたのよね」

ナオミさんは、表紙を開いた。青いペンで「どこにいても、いくつ歳を重ねても、絵本を開くと聞こえるあの鈴の音……メイコより」と書いてあった。

「人づきあいが苦手なわたしにとって、この絵本は心の支えでした。今もクリスマスが近づくと、むかしのことを思いだしながら読みかえしています。メイコさん、ありがとう」

ナオミさんがそう言うと、ライスおばさんの大きな目が池の水面みたいに光ってゆれた。あわてて上を向き、鼻をズズッと鳴らして笑う。

「それにしても、腕をあげたわねえ。何十年かぶりにあなたの読み聞かせを聞いたけど、聞き入っちゃったわ。ねえ、タケシ君？」

「母の読み聞かせを聞くのは、小学生のとき以来なので……。そうですね、よかったと思います」

照れくさそうに頭をかいている息子を見てナオミさんが微笑むと、ライスおばさんも笑った。黒いセーターの上から胸をなでながら、フゥーッと長い息をはく。

「あー、おなかいっぱい。今年のクリスマスは、プレゼントがいっぱいで胸がはちきれそうだよ」

最後にぼくたちは、声を合わせて「メリークリスマス！」と言った。映像が切れる直前、ライスおばさんは小窓のなかで、「ありがとう。みんな、ありがとう。何かあったら、いつでも教室に行くからね」と手をグーパーした。

15 ぼくたちの朝読みタイム

「タケシさんたちのサプライズ出演、うまくいったね」

「ライスおばさんが画面を切ろうとしたとき、巧巳がタケシさんのことをばらしかけたから、めっちゃあせった」

「そうそう！　巧巳が『あぁぁぁ、タケ……ノコの里！』って言ったから、めっちゃウケた」

翌朝、ぼくと巧巳と礼央は、寒さをふきとばす勢いで読み聞かせ動画の贈呈式のことでもりあがった。

贈呈式をやることがきまると、ケイさんは音信不通になっていたタケシさんの居どころをさがした。タケシさんは、引っ越した先で両親といっしょに暮らしていた。ナオミさんは、地域の読み聞かせの会に入っていて、『急行「北極号」』はクリスマスの時期の読み物として、毎年読んでいるそうだ。

　ぼくは、ライスおばさんとナオミさんは、はなれていてもつながっていたんだなと思った。ずっとまえにライスおばさんからもらった元気を、ナオミさんは声にのせて地域の人たちにあげている。それは、ぼくたちにも届いた。

「タケシさんのお母さんが読み聞かせしてるとき、ライスおばさん泣いてたよな」

「お母さんたちもね。巧巳のお母さん、鼻ズゥーズゥーいわせてた」

「でも、最初に泣きだしたのは、コースケのお母さんだぞ」

　巧巳の言うとおり、ぼくのお母さんが先陣を切って泣いていた。予告編動画にぼくが映ったところでハンカチを目にあてていたから、ウケてると思ったんだけど……。あのサバサバしたお母さんがどうしちゃったんだろう。

　さっき、家を出るときにお母さんが玄関先で「あの絵本の歌は、おばあちゃんが考えたのよ」と言った。お母さんが子どものころ、静岡のおばあちゃんが勝手にメロディーをつけてうたってくれたそうだ。

「大人になったら、忘れていたんだけどね。コースケが赤ちゃんのとき、本屋さんで『にんじんばたけのパピプペポ』を見かけたら、あのメロディーが頭のなかで流れだしたの。コースケもあの歌をおぼえていたとはねえ。この世界は楽しいね」

「世界、せまっ！　ぼくとお母さんとおばあちゃんだけじゃん」

ぼくは、はずかしさをふりきるようにしてドアを開けた。

そんな朝のできごとを思いだしていたら、巧巳が「青葉、今日の学級会で読み聞かせについて話すのかな」と言った。

贈呈式のあと、青葉のお母さんが三月まで朝読みボランティアの当番がきまったことを教えてくれた。そして、「メイコさんのような読み聞かせはできないけど、読んでほしい本のリクエストがあれば、教えてほしいな。意見を言ってくれたほうが、ボランティアも張りあいがあるから」と言った。青葉は「じゃあ、明日の学級会で話しあってみる」と答えたのだった。

北風が通学路の落ち葉をまいあげた。礼央がネックウォーマーを鼻先まで引っぱりあげて言った。

「そうじゃね？　たぶんあいつのことだから、サコたんに話をつけてるよ」

この日の朝読みタイムは、建築士をしている琥太郎のお父さんが、高層ビルの造り方の絵本を読んでくれた。そして、六時間目の学級会は、礼央の予想どおり青葉の提案で「朝読みタイムについて」になった。

「ボランティアの人たちにどんな本を読んでもらいたいですか」

学級委員の質問に、たくさんの手があがった。絵本、人気漫画、推理小説、科学、今日の星占い、ゲーム攻略本……。書記係がまじめな意見もふざけた意見も黒板に全部書いていく。「ヘンリクのお母さんに外国の絵本を読んでほしい」と読み手を指名した人もいたし、「ボランティアの人が選んだ本でいい」という人もいた。

あやが手をあげた。

「はい、井上さん」

「朝読みタイムに自主読書をしてもいいですか」

正宣が「ダメにきまってんだろ」と言うと、「そうだよ」「べつにいいじゃん」「よくないよ」と私語が飛び交った。学級委員が「静かにしてください」と注意してもやまない。迫田先生が「ちょっといいかな」と言って、あやに質問した。

「どうして自主読書をしたいの？」

「病院探偵シリーズを全部読みたいんです。四十八冊あって、今、二十九冊目なんです。図書館の貸出期限があるし、お母さんがすすめてくる勉強の本も読まないといけないし……。六年生になったら、塾に行く日がふえるから、今しかないんです」

「そうか……。ほかに朝読みタイムに自主読書をしたい人は？　大之進はどうかな」

迫田先生が名指しすると、大之進は机を見つめてボソボソ答えた。

「……自分の本がいい。朝読みは、ときどき聞いてる」

「なるほど。あやも大之進も、自主読書をしたい理由があるんだね。夢中になれる本に出会えたのは、すばらしいことだと思います。時間は、無限にあるわけじゃないから、朝読みタイムに読みたいなら読んでいいことにしよう。ただし、みんなに知っておいてほしいことがあります」

迫田先生は、ライスおばさんが五年二組で読み聞かせをすることになったいきさつを話した。元新聞係のメンバーはとっくに知っていたけど、ほかのみんなははじめて聞く話だからざわめいた。

「読み聞かせを聞く人も、自主読書をする人も、ボランティアの人たちを傷つけるような態度や発言には気をつけてほしい。約束できますか」

はーいと声があがったすぐあとに、「読み聞かせを聞く人は、まえの席に座って、自主読書をしたい人は、うしろの席に集まったらいいんじゃない？」という意見と、「最後のお礼は、全員で言ったほうがいいよね」という意見が出た。どちらも多数決で賛成にきまった。

正宣が「ボランティアの人が来れないときは、おれたちで読み聞かせしようぜ。おれ、『大きなもも』読むわ」と言ったら、巧巳が「それパクリだし」とつっこんで、

「パクリ！　パクリ！」とパクリコールが起きた。調子にのった正宣は、コールに合わせておしりをふった。

　自分たちで朝読みタイムをやることになっても、なんとかなるだろう。朝ごはん作戦に参加したメンバーならバッチリだ。ぼくなんて『にんじんばたけのパピプペポ』の読み聞かせを二回もやったし。

　五年二組の朝読みタイムのやり方がきまった三日後、二学期がおわった。

　冬休みになり、静岡のおばあちゃんの家で新年をむかえたあと、鎌倉のおばあちゃんの家に行って、お笑い番組を見たり、いとことゲームをしたりした。

　三月までは、五年生。四月になったら、ふつうに六年生になると、そのときのぼくは考えるまでもないくらい、ふつうに思っていた。

16 それからのこと

そいつは、知らないあいだにぼくたちの生活に入りこんできた。

はじめは、外国の町に。つぎに、船や飛行機のなかに。そして、日本に。

世界征服は、楽勝だった。なぜって、そいつは目に見えないウイルスだから。

ぼくたちの体にしのびこんで、人から人にうつりながら仲間をふやしていく。

子どももお年寄りも関係なし。いい人も悪い人もおかまいなし。

息をするのが苦しくなるくらい熱を出させたり、体のあちこちを痛めつけて心まで弱らせる。ひどいときは、死なせてしまったりする。

見えない敵から身を守るには、「人と距離をおいて、うつらないようにすること」。

ぼくは、学校に行かなくていいことになった。お父さんとお母さんも、会社に行かなくていいことになった。

雨の日の日曜日でもないのに、家のなかでずっと家族といっしょにいるのは、へんな感じがした。いったい、なんでこんなことになったんだ？

お父さんやお母さんは、インターネットで答えをさがした。ニュース番組が流れると、それまでやっていたことをいったんやめて、テレビに釘づけになった。ぼくが何を言っているのかたずねると、「なんだか知らないけど、百年に一度、起こるか起こらないかっていう、とんでもない感染症大流行なんだって」「新しいウイルスについて、世界中の研究者が必死に調べてるんだって」と教えてくれた。

どうやらぼくたちは、百年に一度のわけがわからない出来事のまっただなかにいるらしいってことは、わからないなりにもわかった。

お父さんたちがテーブルでパソコンに向かって仕事をしているとき、ぼくは自分の部屋でゲームをしたり、絵を描いたりした。飽きるとリビングに行って金魚をながめたり、お母さんがネットスーパーで注文したおかしを食べた。

救急車のサイレンが聞こえると、お父さんやお母さんは、一瞬、キーボードを打つ手をとめた。ウイルスに感染した人が病院に運ばれていくところなんだと想像して、胸がザワッとした。

しめきった部屋にただよう、はりつめた空気。

水槽のなかの金魚も、不安そうに水草の陰にかくれていた。

休校はつづいた。

箱のなかにとじこめられたような毎日が、ぼくはいやになってきた。

お母さんは「ゲームばかりやってないで、五年生の復習をしなさい」と言うけれど、宿題じゃないからやる気が起きない。お父さんは「今を大切にしなさい」と言うけれど、どう大切にすればいいかわからない。

そんなある日、通信教材が届いた。まえにぼくがやりたいと言ってはじめたけど、やらずにためておいたから、お母さんが怒って退会届けを出したやつだ。

ぼくは、スマホを買ってくれたらやると言った。そうしたら、最近すこぶる機嫌が悪いお母さんが「スマホは中学生になってからと言ったでしょ！」とキンキン声でさけんだので、ぼくもキレた。

「だから、まじめにやるって言ってるし！　みんな持ってるのに、ぼくだけ持ってないなんて、もういやだ！　どこにも行けないし、友達にも会えないし、全部やだやだやだやだうぐがぁわぁぁぁ」

部屋を飛びだした。エレベーターで一階におりて、住宅街のなかを走った。

礼央のマンションのまえの公園に行くと、黄色いテープで入り口がふさがれていた。

立入禁止
立入禁止
立入禁止
立入禁止
立入禁止
立入禁止

がらんとした広場。ジャングルジムにも、ブランコにもだれもいない。

昼間なのに不気味なくらい静かだった。まるで時間がとまったみたい。

箱のなかにとじこめられたのは、ぼくの家族だけじゃなかった。日本中の、世界中のみんながそうだった。

ずっとこのままだったら……。

公園の木々が風に吹かれてザーッと音を立てた。いつ咲いたのか、桜の花びらがぼくの目のまえを泳ぐように流れていった。

家にもどると、ぼくはお母さんとお父さんと話しあった。縄跳びと通信教材を一週間休まずにやったら、スマホを買ってもらえることになった。

ぼくは、まじめに取りくんだ。朝起きて、マンションの中庭で縄跳びを三十分やって、朝ごはんを食べてから勉強した。本気を見せるため、ゲームは一時間までときめて、あとの時間は本を読んだ。静岡のおばあちゃんが春休みに遊びに行けなくなったぼくのために本をたくさん送ってくれたのだけど、ぶあつい本は読まずにダンボールに入れたままにしていたのだ。

勉強机で『はてしない物語』という本を読んでいたとき、ふっと友達のことを考えた。みんな、何してるかな。巧巳は？　礼央は？　あやは、病院探偵シリーズを全部読んだかな。

百年に一度のわけがわからない出来事のせいで、五年生が尻切れトンボでおわってしまった。朝読みタイムのやり方だってきめたのに、全部パーだ。

こんな毎日、いつまでつづくんだろう。

いつになったら、ふつうの生活にもどるんだろう。

ぼくは、学校に行けるのも、友達と遊べるのもあたりまえのことだと思っていた。安心しきっていた。というか、安心だって気づかないでいられるのが、ふつうの生活だったんだ。なんであるんだろうと思っていた朝読みタイムや体育朝会や音楽集会は、時計に合わせてふつうの生活が送れている証だったんだ。

ぼくは、『はてしない物語』のつづきを読んだ。部屋にこもって、はてしない自主読書だ。

救急車がガラガラの大通りをサイレンを鳴らしながら走りぬけていく。遠ざかっていく音のしっぽが消えないうちに、別の救急車のサイレンが近づいてくる。

ザワッ。ザワッ……。

自主読書と読み聞かせのどっちがいいか、今は選ぶ自由がない。

自主読書はできるけど、安心できない。

なんだかわからないうちにはじまった休校が、ある日突然おわりをつげた。

六月になって、ぼくは学校に行けることになった。

登校日の前日は、そわそわして寝つけなかった。やっと礼央と巧巳に会える。スマホを買ってもらった日から毎日メッセージアプリでやりとりしていたけど、礼央は別荘に、巧巳は病院勤めのお父さんとお母さんからはなれて元看護師のおばあさんの家にいるから、リアルでは会っていなかった。

翌朝、ひさしぶりに顔を合わせた巧巳は、マスクとゴーグルみたいなメガネをしていた。礼央は、黒いマスク。ぼくたちは、マスクごしでしゃべりながら登校した。

学校に着くと、新しい上履きにはきかえて六年二組の教室をめざした。

空池小は、二年ごとのクラス替えだから、組と出席番号はそのまま。学年がひとつ上がっただけだ。

緊張しながら新しい教室に入ったら、先に来ていた人たちがおとなしく席についていた。正宣が手をふりながら「コースケ！」とさけんだので、ぼくも声をかけようとしたら、新しい担任の女の先生に注意された。ぼくは、しらけた気分で自分の名前のシールがはられた机を見つけて着席した。

全校集会は、それぞれの教室でやるらしい。モニターに校長先生が映った。はじめのうちは新鮮だったけど、だんだん飽きてきた。まえの席の乃々が、やけに遠い。密着しないように、机の間隔がひろくあいているせいだ。見わたすと、教室の隅々まで机がひろがっていた。

みんな、まじめな顔をして校長先生の話を聞いていた。ヘンリクのマスクは、工事現場で使っているような頑丈なやつだ。あやは、マスクから出た息でメガネがくもっている。青葉は、なんか感じが変わったな……。あっ、髪を切ったんだ。空いている席が四つ。だれだろう。五年生のときと同じメンバーなのに、顔が思いだせない。

クーラーをかけながら窓を開けた教室に、風が通りぬけていく。黒板には、ピンクのチョークで「くっつかないこと。私語はひかえましょう」。風が体にあたるたびに、心が砂みたいにざらつく。

マスクをはずしてワイワイできる日は、いつ来るんだろう。はやくウイルスがいなくなればいいのに。でも、ふつうの生活にもどっても、また別のわけのわからないことが起きるかもしれない。巨大地震とか、ゲリラ豪雨とか、新たなウイルスの出現とか……。

だいじょうぶかな。

ぼくが大人になっても、この世界はちゃんとつづいているかな。

黒い雨雲みたいな不安が心のなかにひろがっていく。

「ところで、一年生のみなさん」

校長先生の声が急に大きくなった。ぼくは、モニターを見た。

「空池小では、朝読みタイムという朝の活動があります。ボランティアの人たちが教室で読み聞かせをしてくれるのですが、今は残念ながらできません。そこで、今日は一年一組の花村結奈（はなむらゆうな）さんのお母さんに、校長室で読み聞かせをしていただきます。でも、その前に……」

校長先生にかわって、太ったおばさんが紙芝居（かみしばい）をのせた台をおしながらあらわれた。花柄模様（はながらもよう）のだぶっとしたワンピース。ヘアバンドのてっぺんから髪（かみ）がくるんくるんとびだしている。あの人の名は――。

「ライスおばさんだ！」

だれかが声をあげると、先生が「シーッ！」とマスクに一本指をおしあてた。

「では、はじめます。『大きなもも』！」

透明な歓声があがって空気をふるわせた。足が治ったライスおばさんが、はねるように体をゆらしながらラップをうたいはじめると、あちこちからイスを引く音がした。

♪　わしは、ＭＣカワノカミ
おぬしは、ももの子、ももたろう
これからはじまる、おぬしの人生
山あり、谷あり、うかんむり　（部首！）
オニとたたかう運命
受けいれて、かがやく希望　（ウィッシュ！）
どんぶらファイター　ウエ〜オ、ウエ〜オ
そらいけ、ゴーゴー　ウエ〜オ、ウエ〜オ

巧巳と正宣が同時に立ちあがった。青葉や真雪や礼央やヘンリク、ぼくのまえの席の乃々も。
ラップに合わせて、おどっている人がいる。座ったまま頭をゆらしたり、じっと聞

いている人もいる。大之進もその一人だ。
ぼくも立ちあがった。
先生が着席するように注意したけど、もうだれにもとめられない。

♪　チームメイトは、イヌ、サル、キジ
めざすは、危険な鬼ケ島
トラブルだらけの、絶叫トラベル
気合いで勝ちとる、オニバトル　（ファイッ！）
戦いおえても、気はぬくな
家に帰るまでが、ぼ・う・け・ん・だ　（レッツゴー！）
どんぶらファイター　ウェ～オ、ウェ～オ
そらいけ、ゴーゴー　ウェ～オ、ウェ～オ

ライスおばさんのパワフルな歌声が、おなかにズンズン入ってくる。
教室じゅうにひびきわたって、目に見えるものすべてが新しい朝をむかえたみたいにまぶしく見える。

そらいけ、ゴーゴー。

空池、ゴーゴー。

川の神様がもたろうに送るエールは、ぼくたちへのエールだったんだ。

つぎに読み聞かせをする一年生のお母さんも、心強く思っているんじゃないかな。

「おーしまいっ！　お礼は不要！　感想も不要！」

わきあがる拍手（はくしゅ）のなかで、モニターのなかのライスおばさんと目が合った。大きな目が「だいじょうぶだよ！」と言っている。

ライスおばさんがそう言うなら、だいじょうぶだ。きっと。

ぼくは、大きくうなずいた。

〈作中に出てくる作品〉

『にんじんばたけのパピプペポ』かこさとし／作（偕成社）

『急行「北極号」』C・V・オールズバーグ／作、村上春樹／訳（あすなろ書房）

『はてしない物語』ミヒャエル・エンデ／作、植田真而子・佐藤真理子／訳（岩波書店）

その他の作中作品は著者の創作です。

初出：「毎日小学生新聞」２０２２年7月7日～10月25日（全75回）

単行本化にあたり、加筆改作しました。

長江優子（ながえゆうこ）

東京都生まれ。子ども番組の構成作家として主にNHK／Eテレの制作に携わる。２００６年「タイドプール」で講談社児童文学新人賞佳作を受賞し、同作にて作家デビュー。主な作品に『ハンナの記憶 I may forgive you』『木曜日は曲がりくねった先にある』『百年後、ぼくらはここにいないけど』『サンドイッチクラブ』（第68回産経児童出版文化賞フジテレビ賞）『ぼくのちぃぱっぱ』などがある。

みずうちさとみ

埼玉県生まれ。イラストレーター・刺繍作家。絵本に『ちょっとそこまで』（作絵とも）『うえきやさんがやってきた』（片平直樹／作）『おしゃべりくらげ』（あまんきみこ／作）、挿画作品に『ケータイくんとフジワラさん』（市川宣子／作）『詩人のための宇宙授業―金子みすゞの詩をめぐる夜想的逍遥』（佐治晴夫／著）などがある。

朝読みのライスおばさん

2024年11月初版
2024年11月第1刷発行

作者　長江優子
画家　みずうちさとみ
発行者　鈴木博喜
編集　岸井美恵子
発行所　株式会社理論社
〒101-0062
東京都千代田区神田駿河台2-5
電話　営業03-6264-8890
編集03-6264-8891
URL　https://www.rironsha.com

Printed in Japan
ISBN978-4-652-20659-1
NDC913　B6判　19cm　190P

ブックデザイン　池田デザイン室
本文組　アジュール
印刷・製本　中央精版印刷